# L'Immorale

## Enrico Annibale Butti

ALL'AMICO

Dottor FRANCESCO GATTI

PER RICONOSCENZA

E. A. B.

Trovo opportuno di premettere alcuni brevi comenti al racconto L'Immorale, oggi per la prima volta publicato in volume. Lo studio psicologico che ò inteso di svolgere, è—per la sua indole non volgare—quello che più specialmente m'à persuaso a non rifiutarlo, benché sia un frutto giovenile, forse ingenuo in qualche particolare, forse retorico e manierato in qualche altro, forse troppo incerto e spesso trascurato nella forma. Non dunque per il racconto in sé, che non à pure il merito d'un'assoluta originalità, mi è parso di poter ripresentare al publico questo lavoro, ma piuttosto per lo schietto intento morale che lo informa, intento che appar raggiunto—sopra tutto quando si consideri l'anno in cui fu scritto—con dei metodi estetici, i quali, ancora oggi, sono molto discussi e misconosciuti dalla maggioranza degli scrittori e dei lettori.

La questione della morale nell'opera d'arte narrativa mi à già occupato più volte, e fu soggetto d'un capitolo speciale nel mio libro di critiche Né odî né amori publicato su lo scorcio dell'anno 1892. Fin dal tempo in cui spargevo su per i fogli letterarî d'Italia le mie opinioni estetiche, l'utilità d'una intenzione morale, nel romanzo come nel dramma, è stata da me proclamata e difesa con tutte le forze e in ogni occasione nuova mi si fosse venuta presentando. Ritornare ora sul tema generale mi sembra dunque inutile; molto più che coloro i quali desiderano conoscere le mie idee in proposito, possono consultare il mio libro nel quale ò raccolto pressoché tutte le critiche da me stampate in questi ultimi anni.

Preferisco restringermi, in questa presentazione, alle considerazioni sul metodo usato nella seguente novella per sviluppare acconciamente il principio morale: metodo che ò seguito poi con più stretto rigore—se non con miglior forma—ne L'Automa e nel mio dramma Il Vortice: metodo che credo ancora (potrò ingannarmi) il più efficace per uno scrittore, il quale voglia dimostrarsi sollecito nello stesso tempo della moralità e della modernità dell'opera sua.

Fra tutte le forme, onde s'è voluto rivestire l'intendimento etico d'un lavoro, è sempre parsa migliore quella che dèsse chiaramente il concetto del premio al meritevole e della pena a chi aveva trascorso; cioè, alla realtà della colpa, doveva corrispondere la realtà della condanna; come il lettore o lo spettatore avevan visto materialmente l'uomo commettere il delitto o compire l'azione generosa, era necessario ne vedessero materialmente la punizione o la remunerazione. Tutto l'equilibrio tra le cause fisiche e gli effetti morali, o viceversa, doveva per tal modo essere chiaro, manifesto, direi quasi, palpabile nelle esteriorità della favola imaginata o, per ispiegarmi meglio, nelle apparenze del fatto che si narrava.

Il sistema era forse buono, perché era opportuno; ma à finito con degenerare in una gherminella di cattivissimo genere tesa ai lettori semplicioni in onta alla verità e alla dignità dell'Arte. Divenne, nelle condizioni odierne di raffinamento filosofico e di coltura scientifica sempre più estesi, grossolano e arbitrario, urtante in pieno contro la logica e la diretta osservazione della vita reale. Perdette così la sua unica ragion d'essere:—cioè la forza di persuasione e quindi l'efficacia d'insegnamento.

Che valore à infatti oggigiorno, come dettato morale, la circostanza fortuita d'una scoperta di reità in un personaggio colpevole, o il ritorno finale alla felicità e all'agiatezza d'un personaggio buono e generoso, perseguitato fino all'ultimo capitolo dal destino e dalla malvagità de' suoi simili? Togliete la circostanza fortuita, che a una mente a pena dirozzata appare sùbito come una gratuita invenzione dell'autore, e ogni insegnamento viene di per sé stesso a cadere. Se il Manzoni, ad esempio, avesse risparmiata la vita a don Rodrigo e avesse fatto un po' più coerente il suo Innominato,— ciò che non era fuori del possibile—certo la sorte de' suoi umili Promessi Sposi e della moralità del suo romanzo sarebbe stata ben diversa da quella che fu. Ugualmente: una miriade di buoni libri, raccomandati per lettura proficua alla gioventù, attinge la sua preziosa onestà alla fonte della fantasia, non a quella sana della verità; ciò che diminuisce d'assai il loro valore d'opere morali, se pur non lo distrugga, per noi che abbiamo studiato e nei volumi dei positivisti e con le osservazioni quotidiane.

Non è questo, no, il metodo che noi vogliamo assumere per dare forza d'insegnamento etico ai nostri lavori. Esso ci arriva già troppo sfruttato dai predecessori, ed è omai divenuto, si può affermarlo senza tema, il privilegio dei componimenti scolastici e dei romanzi d'appendice. E poi non è alle masse che l'artista si rivolge con l'opera sua; ma a pochi cultori intelligenti ed educati, sopra i quali un siffatto metodo non può aver più alcun fascino e alcuna forza di persuasione. Perché dunque insistere in esso?

E perché (volendolo escludere, senza perciò cadere nell'errore fondamentale del verismo e un po' anche del naturalismo, che fu quello di sfuggire ad ogni costo l'intento etico), perché non ricercare una via nuova e diversa di salvazione? Forse che la moralità è una regola astratta, ingegnosamente escogitata, arbitrariamente imposta, per infonder la quale in un'opera d'arte occorre proprio un metodo artificioso e determinato?

Ahimè, se gli ortodossi della letteratura si prendessero il disturbo d'occuparsi una volta tanto della questione morale, quale è posta nei libri dei filosofi moderni, si persuaderebbero forse che per essere moralisti in arte non è assolutamente necessario di fare della retorica o del puritanesimo, come non è necessario d'ammannire al publico favolette o favoloni ben combinati a edificazione degli uomini semplici e dei fanciulli!

Lo studio conscienzioso della vita nelle sue più schiette manifestazioni è prodigo d'ammaestramenti etici quanto nessuna fantasia d'uomo saprà mai essere. La questione capitale è di studiare la storia d'un fenomeno non soltanto nella sua visione pittorica o nella sua curiosità e specialità di contingenze, ma ne' suoi motivi e ne' suoi effetti più lati e più profondi.

Allora la moralità dell'opera d'arte, sorretta da uno studio siffatto, scaturirà naturalmente dalle espressioni rappresentative dell'artefice, senza bisogno alcuno di violentare la verità o di rivestirla goffamente d'orpelli coreografici.

A questi principî mi sembra appunto informata la presente novella. Cercherò di dimostrare l'asserto, quasi immodesto, il più brevemente che mi sia possibile.

Se per tutti gli sforzi umani si può dire con sicurezza ch'essi non sono se non una tendenza faticosamente attiva al raggiungimento d'un benessere personale, che si chiama comunemente la felicità,—a maggior ragione si può questo affermare degli sforzi di coloro i quali, traviati da soverchia passione o da libidine immane di godimento, giungono a sfidare e a calpestare la morale e la legge, dirigendosi verso la mèta agognata per tenebrosi sentieri. Non è già al crimine, o alla semplice trasgressione che teoricamente si rivolgono i loro sforzi; è noto a qualunque persona sensata ch'essi tendono in vece alle utilità o al piacere che da quella trasgressioni o da quel delitto dovrebbero direttamente conseguire.

Questa è l'opinione volgare. Ora io affermo che anche l'opinione delle persone di buon senso s'arresta a metà strada nella ricerca dello scopo finale dell'atto, poiché dimentica come ogni bene o diletto sensibile non abbian valore alcuno se non in quanto acquetano in noi quel bisogno di sodisfazione, che ne à acceso il desiderio.

La ricchezza, gli onori, il credito, la supremazia, la gloria, e perfino gli stessi allettamenti sensuali e sentimentali dell'amore sono, è vero, i miraggi luminosi che ingannano la credula e ristretta ragione degli uomini, affaccendandoli tutti quanti in una gara sfrenata per impossessarsene; in verità però gli uomini, consciamente o più spesso inconsciamente, non anelano anche ad essi come ad un fine ultimo, ma bensì come a stromenti d'un fine più sostanziale. Questo fine, come ò già detto, è la felicità.

Può dunque avvenire—e nella vita non è caso raro e d'esperienza singolare—che il colpevole ottenga la vittoria totale, il coronamento in apparenza più felice dei propri disegni, senza perciò raggiungere lo scopo definitivo di essi;—di là appunto, cioè dal giorno in cui egli à occupato il posto dovuto alla sua audacia, à origine quell'importantissimo processo psicologico, che io ò cercato d'abbozzare e di lumeggiare nel presente racconto.

Di fatti ne L'Immorale la conseguenza esemplare della colpa, la necessità d'una espiazione non vengono estrinsecate con la fortuita scoperta della colpa stessa e quindi col crollo dell'edifizio laborioso e doloso; ma con la dimostrazione schiacciante che il miraggio di felicità, il quale sembrava dover risplendere fulgentissimo dalla riuscita del piano criminale, è invece, dopo il trionfo, svanito del tutto e per sempre.

A me sembra che questa soluzione, esclusivamente psicologica, sia nello stesso tempo artisticamente più simpatica e moralmente più significativa. I fatti intimi, siccome son quelli che si lascian meno sorprendere e seguire dall'osservazione comune, riescono più convincenti dei fatti esteriori; poiché le inevitabili contradizioni, che son prodotte dall'infinita varietà di rapporti e di contingenze, fanno apparir questi,—esposti all'assidua vigilanza del public,—confusi, discordi, inconcludenti, casuali, rendendoli perciò inetti a servire d'esempio efficace.

È lo stesso motivo per cui un dettato morale risulta assai più saldo e rispettato se imposto dalle minacce d'una religione, che non dalle pene d'una legge,—cioè da un turbamento certo di conscienza, che non da un'incerta rovina materiale, sebbene più grave e spaventosa.

Il caso d'un colpevole vittorioso, mortificato dalla sua propria conscienza, mi sembra, per tutte queste considerazioni, che debba essere un esempio morale di gran lunga superiore al caso d'un colpevole sorpreso e punito dalla Giustizia degli uomini o dalla oscura volontà del Destino. A questo proposito, io credo che, riguardo al resultato etico, siano ancora insuperati nella loro intenzionalità i tragici greci; i quali mostravano bensì un delinquente come Oreste, uccisore della madre, assolto dall'Areopago, ma lo circondavano tosto d'un coro atroce di Furie, invisibile agli altri e instancabili nel dilaniarlo. L'acutezza ellenica aveva già intuito quanto oggi nel campo dell'Etica va man mano conquistando anco i più tardi e i più restii; che cioè le azioni umane, buone o malvage ch'esse siano, non ànno alcun valore in quanto son soggette a castigo od a premio; ma ne ànno uno grandissimo, quando si considerino nei loro effetti psicologici e nelle loro più profonde conseguenze morali.

Questo ò voluto rapidamente accennare, perché il lavoro che segue avesse quell'interpretazione, alla quale dò maggior peso e per la quale esso fu ideato.

8

*Maggio 1894.*

E. A. B.

I.

Suonaron le dieci, lentamente, nell'ombra. Poco dopo i rintocchi si ripeterono più decisi, più rapidi nell'anticamera.

Enrico, dopo avere alcun tempo indugiato origliando tra i due battenti socchiusi, entrò cautamente nella stanza, avvolta in una densa penombra verdognola. L'aria v'era un po' viziata, benché un diffuso profumo, misto di violetta, d'acqua di Colonia e di tabacco, vi signoreggiasse: v'era quell'odore speciale, direi quasi organico, che ànno le camere dove qualcuno abbia lungamente dormito; e un respiro lieve e alquanto irregolare annunziava appunto che una persona vi dormiva ancora serenamente in braccio all'onda dei sogni mattutini.

Il servo attraversò in punta dei piedi la camera, e s'avvicinò all'alta finestra, ch'era stata accuratamente rinchiusa ma lasciava da alcune connessure penetrare il giorno già avanzato, intersecando di lamine luminose l'oscurità. Aperse senza far remore le imposte; la luce verdognola delle persiane invase, diffondendosi, la stanza, e andò a frangersi nelle ricche dorature e nella lucidezza metallica degli specchi. Nel mezzo ergevasi, tra il lusso del cortinaggio di velluto, il letto di mogano artisticamente intagliato a foggia antica, e qua e là spiccavan varî mobili di diverso stile: una spera altissima rifletteva quell'eleganza un po' chiassosa in una cornice ad alto rilievo, raffigurante nella base un canotto marinaresco, e negli stipiti,—da un lato, un amplesso di palmizî, i cui ciuffi larghi, protendendosi, componevan l'architrave,—dall'altro, un cespite di arnesi da pesca bellamente raggruppati. Sopra gli usci pendevano dei trofei guerreschi e dei massacri da caccia: dalle pareti, arazzi policromi a soggetti mistici e profani. Era un complesso di lussuosa ricercatezza, in cui, più che il gusto, si notava il desiderio esagerato d'accumulare oggetti ricchi e preziosi in poco spazio.

Enrico, spalancate le imposte, si rivolse e guardò il padrone che dormiva sempre, supino sul gran letto, il viso rivolto verso l'alto,—un viso fino, accurato, un po' pallido, ma con un'espressione di calma dolcissima. Le dieci eran già battute da qualche minuto, e il servo aveva l'ordine di svegliarlo appunto a quell'ora. Egli s'accostò al letto, sostò alquanto di fronte all'inconsapevol serenità del dormente, poi si decise a scuoterlo dal letargo profondo, chiamandolo una prima volta leggermente, poi un'altra volta più forte.

—Signore!... Signore!...

Paolo Érmoli si scosse d'un tratto. Aperse quanto poteva gli occhi, li fissò un po'
turbato in volto al servo.

—Signore, sono le dieci!—disse Enrico, impassibile come un'erma.

—Le dieci?—Paolo chiese senza capire.

—Le dieci,—ripeté il servo.

Paolo Érmoli si fregò gli occhi con un moto infantile, si stirò un poco le membra ancor
torpide, poi, come un ricordo lieto gli fosse balenato nel pensiero, sorrise ed esclamò
allegramente:

—Via, apri le finestre e lascia entrare un po' d'aria.

Pronunziò queste parole con una così schietta espansione, come volesse dilatare i
polmoni a un libero respiro in un'aria fresca e salubre per un istintivo bisogno di forte
vitalità.

Enrico obedì prontamente; schiuse le vetrate, spalancò le persiane e un nembo di
polvere d'oro precipitò nella camera. Il mattino d'aprile, tepido e chiaro (era il sabato
santo), ostendeva al giacente un cielo temprato e puro, d'una trasparenza di cristallo
cobalto; i fastigi bianchi delle opposte case riverberavan la gran luce, come fossero
incandescenti, nella camera lussuosa, riempiendola tutta d'un chiaror gajo, quasi
eccessivo.

Quella luce suprema, quell'aria primaverile, d'un tenue tepor d'ombra, esilararono
ancor più il volto di Paolo; gli parve di specchiare in quel giocondo spettacolo
mattutino, la rinascenza dell'anima sua; oh, anch'egli in quel giorno trionfava, dopo una
lunga lotta combattuta contro gli uomini, e, vincitore, s'incamminava a ricevere il pallio
sospirato della vittoria!

—Portami sùbito il caffè,—gridò Paolo con lo stesso accento di prima al servo, in aspettazion d'ordini su la soglia.

Enrico annuì silenziosamente, e uscì.

Paolo (avrà avuto trent'anni all'aspetto; era magro, ma roseo, con una breve barba a punta assai più bionda dei capelli arruffati) s'appoggiò ai cuscini, socchiuse gli occhi e s'abbandonò all'ebbrezza di quell'esaltazione orgogliosa. Ei si sentiva sodisfatto e felice, e, senza spingere l'occhio nel fosco passato, assaporava sensualmente il dolce benessere dell'ora presente. Non era stato forse il desiderio di tutta la sua giovinezza quell'opulenta indipendenza di vita che or mai poteva godere incontrastata? Senza pensare ai mezzi, con cui era riuscito a raggiungerla, egli si compiaceva ingenuamente nel sottile raffronto tra la condizion presente e gli anni trascorsi di torbide inquietudini e di diuturne umiliazioni; e gli sembrava d'essere uscito da una lunga battaglia, affrontata lealmente, dopo aver conquistato all'avversario le bandiere ed averne invaso trionfante le ubertose contrade. Provava quella stessa gioja orgogliosa che prova un capitano dopo una dura vittoria; e, come a questo, essa gli faceva dimenticare i caduti nella battaglia.

Attraverso però a quel miraggio di felicità materiale, s'insinuava a poco a poco, limpido e crescente, un pensiero più intimo, che forse lo riempiva ancor più dell'altro di dolcezza: uno di quei pensieri sentimentali, che commuovono le più indurite fibre e le più gelide anime, e che riusciva a risvegliare in lui, come per incanto, un cumulo di sensazioni e d'entusiasmi giovenili. Egli lo sentiva salire lentamente dal cuore e godeva di lasciarselo impadronire man mano della mente con la fresca prepotenza d'acqua sorgiva, che, gorgogliando fuor dalle rocce, sopra a queste si distenda e le nasconda nella metallica uniformità della sua lucida superficie.

Un sorriso d'estasi gli increspò le labbra e respirò con maggior forza. Poi chiuse gli occhi quasi per concentrarsi, e nell'oscurità rossastra gli si disegnò con una vaporosità di contorni soavissimi la squisita forma di donna Fulvia, la ricchissima vedova del conte Ateni, l'amante appassionata di Diego Rebeschi, il suo povero cugino. Oh! ella era pur bella, e sarebbe stata sua in quel giorno! Il fantasma allucinante di lei si deformò in un attimo, ma il pensiero lo ricostruì tosto e lo inseguì poi ancora lungamente.

Paolo cominciò a ideare la promettente giornata e a imaginarne con morbida compiacenza gli episodî. Fulvia doveva aver già ricevuto a quell'ora la preziosissima collana di perle,—il dono nuziale,—e doveva aver già letto la semplice e gentile iscrizione: Ora e sempre, che nell'oro del fermaglio egli aveva fatto incidere. Quando sarebbe andato da lei, ella gli avrebbe steso le due piccole piccole mani, arcuando leggermente indietro la flessuosa forma, quasi per mitigare quell'atto d'aristocratica confidenza; ed egli per la prima volta l'avrebbe tratta a sé vincendo la feminile renitenza e avrebbe deposto su quella limpida fronte il primo bacio.


Questa idea gli infocò le vene; sentì un brivido caldo salire dalle reni alla nuca, e, spronato dal desiderio, sorvolò su la insignificante cerimonia ufficiale delle nozze e sul breve viaggio, per correre con l'imaginazione al momento in cui si sarebbe trovato solo, libero e padrone di lei, nella suntuosa e poetica sua villa su le rive del Lario. E gli si presentò Fulvia mezzo discinta con i capelli neri sciolti su le spalle, gli occhi stranamente illuminati dalla prospettiva del piacere: e le indovinò sotto i pizzi ricchissimi, spumeggianti dallo slacciato corpetto, la rosea trasparenza del seno sobrio e sostenuto; e vagheggiò di tuffare la faccia in quel candor misterioso, d'onde doveva sprigionarsi intenso quel mite profumo di ylang-ylang, che nelle strette di mano ella gli aveva tante volte comunicato. Questa fantasia voluttuosa, per mezzo della quale Paolo tentava di prevenire il tempo, lo travolse così co' suoi fascini deliziosi ch'egli si diede a sviscerare in tutte le più segrete raffinatezze la scena gaudiosa, e vi si appassionò tanto ch'essa finì a prendere l'aspetto veritiero del sogno.


Enrico, recando il caffè, entrò, sempre in punta dei piedi, per l'abitudine mattutina di metter ordine nel quartierino da scapolo senza risvegliare il padrone: e al romore dell'uscio che s'apriva, Paolo Érmoli riaperse gli occhi, si scosse, si levò ancora a sedere, abbandonando la sua fantasticheria di felicità.


—L'ài fatto molto forte?—chiese per obedire al bisogno spontaneo di espansione, ond'era quasi inebriato.


—Come al signore piace!—rispose il servo.


—Bravo Enrico!—aggiunse Paolo, fregandosi le mani allegramente.


Enrico, poco abituato a quella familiarità quasi affettuosa, lo guardava stupito, ritto presso il letto, stendendogli la tazza fumante.

L'Érmoli la prese in mano, e rimase alquanto ad ammirarla.

"Ecco un oggetto d'arte,, pensò, "e serve per una delle più insignificanti occupazioni della mia vita quotidiana! Io lo stringo un istante nelle mie dita, l'appoggio a pena alle mie labbra, poi lo riconsegno al domestico, e la sua missione per la giornata è finita; eppure un artefice non mediocre vi à stillato un po' del suo ingegno, vi à speso un po' della sua vita, vi à giocato un po' del suo amor proprio!,,

L'Érmoli si sentì profondamente lusingato da questa idea: ricordò involontariamente la disadorna tazza, nella quale soleva prendere il quotidiano caffè e latte in quel bugigattolo di via S. Paolo, quand'era un semplice reporter del giornale Il Progresso: percorse con un rapido sguardo la sua vita e giunse fino al momento presente. "Sono stato forte!,, pensò, e si diede a sorbire voluttuosamente la bibita nera.

—Irreprensibile!—esclamò, deponendo la preziosa chicchera sul bacile d'argento.

Il servo sorrise di compiacenza.

—Il signore à qualche ordine da comunicarmi,—chiese poi rispettosamente.

—Sì: di' a Cesare d'attaccare Leda alla victoria, fra un'ora.

Il servo non era ancora uscito dalla camera, che Paolo Érmoli era già ritornato su le considerazioni intorno alla tazza, avido di prolungare il piacere che gli avevan suscitato nell'animo. "Chi più gode, più vive, perché il piacere, come perpetua la vita nella specie, così l'accresce nell'individuo,,: continuò concatenando i pensieri dell'oggi ad antiche memorie di pensieri; e, ricordando i dolorosi ragionamenti che aveva fatti su la singolar condizione di certi uomini, e le stridenti ingiustizie che aveva maledette nei tristi tempi passati di lavoro e d'indigenza, provò come una vertigine d'ineffabile e profonda sodisfazione mentre volgeva lo sguardo per la camera elegante, su quegli arazzi preziosi, in cui madonne e santi, fanti e cavalieri sembravano affollarsi intorno a lui per rendergli umile omaggio. "Io sono nato povero e abjetto,, pensò, "ma qualche cosa già doveva esserci in me di prepotente, di nobile, d'eletto, che m'avrebbe guidato alla vittoria.,, E cinicamente ripeté ad alta voce le parole del giovine Garibaldi: "Noi eravamo destinati a cose maggiori.,,

L'idea fatalistica s'impadroniva di lui: riandando le crisi terribili della guerra scellerata, che aveva dato alle consuetudini sociali, egli aveva bisogno di quel fatalismo per ispiegare in faccia alla conscienza morale la sua condotta; egli era di quelli nati per trionfare, per soggiogare, per abbattere, come gli animali da preda, felis homo, e aveva egregiamente rappresentato la sua parte tirannica nella comedia della vita. "Sono onesto io?,, si domandò egli improvvisamente, turbato da un dubbio inconcreto e affatto teorico. Egli poteva farsi sinceramente questa domanda, perché il male l'aveva fatto dopo essersi convinto che il Male non esisteva. "Che cos'è infine l'onestà? O è un principio regolatore assoluto, o è un'opinione relativa e personale su la condotta umana; io non credo nei principî assoluti e, se è un'opinione relativa, io posso essere onesto. È una legge, dura, se si vuole, ma altrettanto immutabile, quella che il superiore vince l'inferiore nella lotta dell'esistenza: se l'uomo è fisicamente più debole, e non ostante abbatte il leone, è perché à saputo convenientemente armarsi: si dirà perciò che la sua condotta non è onesta? Io sono nato in condizioni d'inferiorità materiale, e volendo vincere, ò dovuto armarmi: ma se mi sono armato, è perché dovevo vincere.,,

L'idea fatalistica risorgeva, più solenne, più logica.—Perché dunque la sua fronte si corrugò, come attraversata da un pensiero molesto? Perché le sue labbra s'inarcarono ad un sogghigno triste e amaro?

Egli rimase alquanto tempo immobile, in quell'espressione ambigua e bieca di cordoglio. Ma la giornata era troppo pura e la felicità troppo imminente, per lasciarlo a lungo in preda a quella perplessità. Allungò il braccio e prese sul tavolino l'astuccio d'oro gemmato delle sigarette: ne tolse una, l'accese e, accomodati i cuscini sul capezzale, vi si appoggiò a suo agio.

"Io sono stato forte!,, ripensò inseguendo con l'occhio le mobilissime forme di fumo, che s'espandevan fragili nell'aria. "La scienza stessa à le sue vittime: non deve aver le sue l'egoismo? E sono forse queste sostanzialmente diverse da quelle?,,

Nella camera l'aria primaverile aveva portato il complesso e inebriante profumo degli alberi in fiore: Paolo Érmoli respirava largamente quell'aria ossigenata, e sentiva la gioja diffondersi per il sangue copiosamente avvivato.

Abbandonò involontariamente quei pensieri, perché in fondo era in essi qualche cosa di penoso, e, gittata la sigaretta ancor quasi intera, incominciò a vestirsi.

Nell'abbigliamento giornaliero, accuratissimo, egli occupava di solito più d'un'ora del suo ozio signorile; ma quella mattina, spronato dalla vaga e dolce inquietudine che dà un ardente desiderio prossimo ad esser sodisfatto, il condusse a termine relativamente presto, in modo che sonavan appena le undici quando egli uscì dalla sua camera compiutamente vestito.

Così, ricercato ed elegante in ogni particolare dell'abito, egli poteva ben dirsi un bel giovine; il suo volto piccolo e bruno, dagli occhi incavati e neri, dai lineamenti decisi, dalla fronte lievemente sfuggente sotto una breve capigliatura castana, s'ergeva su l'altissimo colletto bianco, con un'espressione di alterezza cavalleresca e di sottile dispregio, certamente studiati; alto, snello, flessuoso, d'una magrezza nervosa, il suo corpo aveva un profilo squisito, che in nulla tradiva la sua bassa origine, dalla piccolezza feminea delle mani e dei piedi, alla linea sostenuta delle spalle, un po' strette. Egli passò in fretta l'appartamento già avvolto in una misteriosa oscurità a cagion delle imposte rinchiuse: salutò con noncuranza Enrico, che l'attendeva in anticamera per ajutarlo a indossare il soprabito, e discese lo scalone marmoreo, calzandosi nervosamente i guanti. Il portiere gli aperse rispettosamente l'uscio della portineria, e Paolo salì su la victoria, ordinando al cocchiere impassibile:

—Al Cova.

Leda, una magnifica cavalla saura, dai garetti d'acciajo, si slanciò avanti con trotto serrato, all'hip gutturale di Cesare; e l'Érmoli s'adagiò nell'angolo sinistro della carrozza, accendendo negligentemente un'altra sigaretta. La vista della folla a piedi (nella quale si davan di gomito i facchini e le donne gentili in una volgare miscela, che tradiva la brutalità dell'egoismo animale nel contendersi i lastrici, ove si cammina sicuri dalle vetture), gli ricordò quando anch'egli faceva numero tra quel branco d'uomini in ruvido contatto per quella piccola guerriglia della strada. Ne provò su le prime piacere, considerando la propria superiorità intellettuale su quella gente, dalla quale aveva saputo volontariamente elevarsi: ma un pensiero molesto, richiamato da un ricordo non lontano, lo sorprese: "Avrò io l'aria del parvenu,, si chiese, "in questo cocchio padronale, come certi altri?,, Così pensando, Paolo rievocava alcuni sarcasmi ch'egli aveva scagliato contro certe nuove ricchezze industriali della società milanese, sfoggiante in publico un lusso ciarlatanesco. "No, io non sono nuovo, né impacciato come quelli, in questa dovizia, perché vi ò vissuto la mia giovinezza con i desideri e i sogni.,, E per meglio convincersi osservò la gente, e si compiacque di non rilevare su alcuno di quei volti, impensieriti da mille faccende diverse, quel sorriso ironico e feroce, che altri sul suo doveva avere qualche volta sorpreso.

Passando da via Monte Napoleone, vide scivolare contro i muri Carlo Rinaldi, già suo collega di giornalismo, che si dirigeva probabilmente all'ufficio del Progresso, recando dei fascicoli sotto il braccio. Egli s'affrettò a salutarlo con effusione, ma il Rinaldi, forse distratto da qualche cura, a pena gli rispose: egli scrollò le spalle, mormorò un "infelice!„ fra i denti, e si diede a cantarellare sottovoce una canzoncina d'operetta, per dare a sé stesso un contegno indifferente.

La victoria si fermò d'avanti al ristorante Cova; egli discese, ordinò al cocchiere di ritornare fra due ore, ed entrò. A un tavolino in faccia all'entrata due giovini signori si levarono, ridendo e salutandolo.

—Ecce agnellus domini,—gli gridò Filippo Serbelli,—che si sacrifica per la Pasqua!

I tre giovini si strinsero cordialmente la mano, e Paolo Érmoli sedette in faccia a loro per far colazione. L'altro dei suoi due commensali era il marchese Giorgio Albenza, discendente d'una delle più antiche nobiltà lombarde, giovine assai frivolo e appassionatissimo cultore di cavalli.

—Dunque da oggi la bella contessa è perduta per lo stuolo de' suoi adoratori?—disse con fredda cortesia l'Albenza, quando l'Érmoli fu seduto.

—Se si può dire perduta una donna che à trovato un marito!—rispose scherzando Paolo.

—In questo caso sarebbe perduta per la seconda volta (ciò che è verbalmente assurdo), perché la contessa si rimarita,—osservò il Serbelli.

L'Érmoli, conficcando la forchetta nel roast-beef sanguinante che gli era stato portato allora, rise schiettamente e continuò vivace ed allegro a parlare del suo matrimonio, col modo libero dello scapolo, che prende la cosa poco sul serio: Filippo lo assecondava nei frizzi mordaci e il marchese s'accontentava d'ascoltarli e di sorridere, lisciandosi i baffetti castani e approvando, non senza lieve ironia, col capo.

—È una donna deliziosa, ma poi...—mormorò Paolo misteriosamente, e finì la frase con un'osservazione un po' licenziosa all'orecchio del Serbelli, che scoppiò in una risata.

—Sai che le vedove si paragonano ai libri già tagliati?—disse Filippo.

—Appunto a quelli che si leggono più volontieri.

—Eh, perché?—chiese l'Albenza mordendo aristocraticamente la erre.

—Perché io credo che ormai il piacere di tagliare un libro non può solleticare che: o uno di quei vecchi frequentatori di biblioteche, abituati ai libri letti e riletti, o uno di quei giovincelli che ai libri annettono come unico pregio la novità e àn quasi paura di guastarli, tagliandoli. Sei del mio parere?

—Sì, fino a un certo punto,—gli rispose il Serbelli.

—Fai delle riserve?

—Caro mio, vi sono certi libri nuovi, che si pagherebbero un tesoro.

—Bravo, e mi sapresti dire il perché?

—Per poterli tagliare.

—Ma chè, per poterli leggere,—gridò l'Érmoli.

Il Serbelli rise: l'Albenza con fare un po' seccato si volse indietro ad osservar la via.

—Può darsi,—soggiunse Filippo.

—E allora tanto vale che siano stati tagliati prima,—conclude Paolo, gittando un occhiata furtiva al marchese, onde lo turbava alquanto il contegno freddo e quasi ostile.

Tutto ciò l'Érmoli disse, facendo sforzo su sé stesso per domare i suoi sentimenti: non voleva tradire la semplicità della sua gioja d'innamorato d'avanti a quei due scapoli, celebri conquistatori di donne, e naturalmente esagerò nella dose: volle essere spigliato e sembrare indifferente, e riuscì in vece quasi triviale. Egli ben se n'avvide, ma tardi: si morse le labbra nervosamente, e cercò di cambiare argomento, rivolgendosi all'Albenza. Per poterlo interessare gli parlò di cavalli.

Poco dopo però l'Albenza s'alzò, salutò con espansione il Serbelli, poi l'Érmoli con aristocratica durezza, ed uscì col passo molle e studiato delle persone che sanno d'esser guardate.

—Io non so come fai,—esclamò Paolo, appena il marchese se ne fu andato—a passar delle ore con quell'idiota, per cui un animale non deve aver meno di quattro gambe per essere degno d'attenzione.

—È un buon ragazzo,—rispose semplicemente Filippo.

—Ma è molto nojoso!

Il Serbelli tacque un poco, come non credesse di dover discutere su quel soggetto; poi, cambiando tono, gli disse:

—A che ora la cerimonia?

—Alle sette, stasera.

—Stasera? Volete dunque avere l'illuminazione, a quanto pare.

—No; non c'è più stupido perditempo che quello di far coda tra le zotiche coppie plebee, per ottenere l'autorizzazione di potersi legalmente amare; e poi non vogliamo aver seccatori né publico.

—Il che vuol dire che anche gli amici faranno bene a non intervenire?

—Secondo gli amici: tu, per esempio, farai in vece benissimo ad assistervi.

—Ti ringrazio della distinzione, e ti do la dolorosa notizia che conto d'approfittarne.

Paolo in quel punto vide, a traverso le vetrate, Cesare, che l'aspettava con la sua immobilità marmorea su la cassetta della victoria; s'alzò e rivolgendosi al Serbelli:

—Se vieni meco,—gli disse,—t'accompagno a casa.

—Perché no?—rispose Filippo, levandosi in piedi; e, pagato il conto, uscirono entrambi dal ristorante.

Durante il breve tragitto parlarono assai poco.

Si giunse presto alla casa del Serbelli in via Carlo Alberto, e i due giovini si salutarono con uno strano sorriso su le labbra, un poco ironico. Quando fu solo, diretto al palazzo dell'Ateni, Paolo volle concentrare ancora tutta la mente verso l'imagine dolcissima della donna amata. Ne sentiva un ardente bisogno: ora un senso d'amarezza e di tedio gli aveva invaso inconsciamente l'animo, quasi una nebbia gelida e opaca.

Gli parve che tutto gli si rischiarasse in torno d'una luce nuova e ridente, al pensiero di lei. Il sole pomeridiano nel mezzo del cielo, riempiva l'azzurro di fili incandescenti, e stendeva su le pareti delle case un sottil velo d'oro, cadente su l'ombra. Un vento fresco, di neve lontana, correva, come un brivido, per le vie popolose, sollevando, quasi per ischerzo, tende e abiti nel suo vorticoso serpeggiare. S'allargava in quella gioconda calma primaverile il frastuono della vita cittadina, simile a un profondo respiro amoroso.

Paolo ammirava: quella folla che dianzi avea concepita come trascinata dall'egoismo, gli sembrava ora così rispettosa, così solidale, così civile, come non mai: vide un operajo, carico d'un grave peso, che allungò la sua strada per lasciare il lastrico a una vecchia signora; incontrò una madre, che gittò un grido angoscioso perché la carrozza di lui passò vicina al suo bambino. Un'onda di simpatia umana lo prese: si sentì come un refrigerio delizioso accarezzare la fronte pensosa, e un riposo d'anima mite e grato scender nel cuore.

Egli non pensava più, s'abbandonava al sentimento, e il suo sentimento valeva ben più delle sue azioni se lo tramutava in tal guisa; in fondo ad ogni anima umana v'è un breve spiraglio, per cui penetra in essa nei momenti di calma un raggio di luce buona. Rievocò, in quel miraggio sereno del passato, gli impeti baldi, gli slanci sdegnosi verso l'ignoto e il sublime della sua prima giovinezza, e gli parve d'ascoltare come un'eco inconsueta di essi, un'eco che lo riempì insieme d'ineffabile inquietudine e di dolcissima malinconia, come a quei tempi.

La poesia vaga e selvaggia dell'adolescenza, da tanto tempo morta e soffocata dall'odio, rievocata ora dai lieti fantasmi antichi, risorse dai precordî a sciogliere un inno ingenuo alla donna, all'amore, agli affetti umani... E l'inno muto si diffuse per l'aria pura, lambì dolcemente i contorni delle cose prossime, inseguì, per poco, benevolo, il volo d'alcuni colombi bianchi scintillanti al sole, si disperse poi nel cielo senza macchia, nel gran cielo popolato di sublimi fantasmi e d'ideali incontenibili—nel gran cielo, patria dei sogni e delle speranze.

II

Il palazzo Ateni, dove l'Érmoli era diretto, si eleva freddo e bigio nel pomposo e bizzarro stile di quel secolo XVIII, che à scherzato fanciullescamente col classicismo come con un balocco, appena dopo il maestoso palazzo Trivulzio, all'inizio di via Amedei.

È una casa a due piani dalle finestre altissime, che s'aprono su balconcini ricurvi, riparati da ringhiere in ferro assai rabescate: nel mezzo del piano della casa, tra due colonne doriche piuttosto tozze, sta la gran porta lunata recante sul colmo dell'arco lo stemma gentilizio della famiglia Ateni, tutto corroso dal tempo: gli architravi delle finestre sono molto rilevati, a triangolo greco, recante nei timpani la conchiglia rococò.

La victoria dell'Érmoli s'arrestò d'avanti alla porta del palazzo, e un usciere, in grave livrea, che su la soglia s'accarezzava i favoriti fulvi, si levò rispettosamente il cappello. Paolo discese dalla carrozza con sollecitudine, attraversò l'atrio e la portineria, percorse i due brani di scale quasi a corsa, giunse anelante all'uscio dell'appartamento di Fulvia Ateni. Un servo gli aperse, e senza parlare l'introdusse in un piccolo salotto, ammobigliato con finissimo gusto, quello dove Fulvia soleva passare le sue giornate, leggendo.

Paolo, col cuore in tumulto, sedette in una di quelle poltroncine doppie a spalliere opponentisi, che sembran fatte apposta per un colloquio d'amore. Nell'aspettazione ansiosa scorse un libro sul tavolino d'ebano a intarsio di madreperla, e inavvertitamente lo prese e ne lesse il titolo: Le crime et le châtiment di Théodor Dostojewsky.

Con un atto brusco lo rigettò sul tavolino, avendo cura che ricadesse col frontispizio rivolto verso il piano. "Ecco un titolo stupido!,, mormorò poi rabbiosamente, e cercò di pensare ad altro: ma quelle parole lette a caso in una tale circostanza gli si incisero crudelmente nel cervello, come fossero state impresse da un ferro rovente.

Un fruscìo di vesti annunziò in quel punto l'avvicinarsi della donna amata; l'Érmoli s'alzò in piedi: la portiera persiana si sollevò e nell'angolo curvo si disegnò la imponente bellezza di Fulvia, come un'apparizione fantastica.

Ella era tutta nera, in un tenebroso abito di velluto, che ne disegnava a pena le forme su l'oscurità della porta. La flessuosità del bel corpo un po' opulento in quel nero a riflessi pavonazzi aveva un non so che di vaporoso, di notturno, come di parvenza allucinatoria, da cui la bianchezza del volto e dell'inizio del collo usciva sinistramente, quasi staccata, isolata nello spazio.

Più in basso, sopra la curva del seno un'altra luce rompeva l'ombra grave: il fulgore d'un fermaglio prezioso a forma di stella, unico giojello che donna Fulvia usava di portare sempre con sé.

Il moto ritmico del seno suscitava nel giojello astrale dei lampi subitanei, come delle scintille elettriche.

—Fulvia!—mormorò il giovine, con un sospiro profondo, appena la vide.

Fulvia sorrise. Egli s'appressò con umile atto a lei, verso l'uscio, dov'ella era rimasta come inquadrata in una cornice, e le cadde ai piedi lentamente, dolcemente, quasi gli mancassero le forze.

Fulvia rimase alquanto indecisa, poi s'inchinò su lui, abbandonò la portiera che ricadde dietro la sua testa e gli tuffò le mani nei capelli bruni e copiosi, senza parlare, rapidamente, con un moto di passione selvaggia. Gli occhi chiari si chiusero un poco, e le labbra s'atteggiarono a un sorriso tenue, sùbito spento.

—Mia Fulvia,—ripeté con un filo di voce l'amante; e non si mosse, gustando il piacevole contatto di quelle mani adorate sul capo.

—È tanto tempo che t'aspetto!—ella disse, finalmente.

Paolo s'alzò in piedi, la guardò a lungo, ma ella lo fissò con una tale insistenza ch'egli dovette infine abbassare involontariamente lo sguardo; allora le prese la mano, la portò alle labbra, ne baciò le dita lungamente: poi la trascinò con dolce violenza a sedere su la poltroncina doppia, presso di lui; e rimasero a lungo silenziosi, uno presso all'altra, palpitando.

—Bella conversazione!—esclamò ad un tratto donna Fulvia, prorompendo in una risatina secca, nervosa.

Egli la guardò, attonito.

—Non ài dunque nulla da dirmi?—chiese ella sottovoce.

—Al contrario: tante cose...

—Belle, imagino.

—Belle.

—Forse che mi ami, non è vero?

Paolo accennò di sì col capo, sorridendo appena.

—Potessi crederti!...—mormorò Fulvia, e fissò gli sguardi d'avanti a sé nel vuoto.

—Ne dubiti, forse?... E come? E perché? Ma da mesi io non consacro le ore più belle della mia vita a questo amore, che riempie tutto il mio pensiero, come tutto il mio cuore? No: non t'amo soltanto, Fulvia; io sento in me qualche cosa di più nobile dell'amore, e di più grande: molti uomini sanno amare sapendo d'esser corrisposti: ma io non ti amerei meno (e ti ò già amata così!) senza una sola speranza, col cieco fanatismo di un fachiro indiano, per dedicarti disperato e sprezzato le mie disperazioni e i miei tormenti. Lo credi?

Fulvia sorrise a questo slancio esagerato di passione, scotendo adorabilmente la testa bruna in atto di dolce denegazione.

—Non credi?—riprese Paolo, corrucciato alquanto, come un fanciullo contrariato in una sua ingenua espansione.

—Se non ti credessi, sarei qui ad ascoltarti? Ma le tue parole ànno le ali, e volano di là del tuo pensiero. Non protestare, Paolo: a me basta che tu m'ami come tu dici che molti uomini sanno amare: poiché, vedi? io voglio comprendere il tuo amore, e, se questo è quale tu mi vai professando, mi sfugge e m'abbandona; la mia povera anima feminile non lo sa raggiungere e non lo può capire.

L'Érmoli, mentr'ella parlava con quella sua voce un po' bassa, modulata e così pastosa ch'era un dolce riposo per l'udito, le guardava le mani quasi livide, agitate da un tremito strano, spasmodico, e le cui dita, forse troppo lunghe, sembravan molestate come da sensazioni eccessive.

—Io ti amerò, come vorrai!—soggiunse Paolo pianamente, con umiltà dolce, non alzando gli occhi, che attraeva irresistibilmente quell'inesplicabile mobilità delle mani.

Fulvia, ebbe a quelle parole un impeto di passione così subitaneo e violento da sembrar quasi simulato, e si protese verso lui:

—Allora mi amerai molto,—gli susurrò all'orecchio,—molto, e non avrai segreti per la tua Fulvia... È vero che non avrai per me dei segreti?—ripeté con ansia dolorosa, avvicinandoglisi ancor più.

Paolo levò gli occhi attoniti, per vedere se nell'espressione di lei potesse afferrare il senso arcano di quella domanda importuna. Ma trovò così splendidamente bello e vivido il suo volto, che il breve e ingiustificato sospetto si trasformò tosto nel suo pensiero in una deliziosa sensazione d'amore.

—Come siete bella!—esclamò, dimenticando l'inchiesta di Fulvia. (Eran le parole medesime ch'egli aveva più volte mormorate nell'orecchio di lei, scherzosamente, quando non teneva ancora una speranza di conquistarla!)

Ella s'oscurò in volto, come allora: sembrò le passasse su la fronte una nube di tristezza, e si trasse indietro con un atto sdegnoso, fissandolo cupamente.

—Che ài?—le chiese l'Érmoli.

—Nulla.

—Perché allora t'allontani da me?

—Io ti piaccio, ma tu non mi ami,—rispose freddamente Fulvia, sempre fissandolo. Questa era la sua frase obligata, quando voleva affliggerlo senza dire il pensiero recondito che moveva il suo dispetto.

Paolo non rispose: le avvinghiò le mani avidamente, gliele coperse di baci: quindi tentò di attirarla a sé, protendendosi verso di lei per baciarle il volto; ma ella rigidamente si sciolse dalle sue strette, gli mormorò un:

—Lasciami!—gelido e aspro e si levò lentamente in piedi.

Quello di strano che v'era in quel cambiamento subitaneo di contegno era l'espressione aspra di contrattura, presa dai lineamenti, e la luce fosca degli occhi che tradivano una viva lotta interna. Paolo non comprese; la seguì con lo sguardo pieno di stupore, quand'ella si recò d'avanti a uno specchio e finse d'acconciarsi la capigliatura; poi, quando, sempre allontanandosi da lui, andò a sedere su un lettuccio a spalliera in un angolo del salotto: in fine con dolorosa sommissione mormorò:

—Perché sei così cattiva? Che cosa ti ò detto per far così?

Fulvia non rispose: egli si alzò, e, giungendo le mani in atto d'implorazione, le si appressò rapidamente:

—Per carità, Fulvia! Che cos'ài?—le gridò.

—Tu non mi ami, Paolo.

—T'amo più della vita!—rispose calorosamente, in uno slancio fittizio d'entusiasmo,— e qui, a' tuoi piedi, vorrei morire piuttosto che scorgere più a lungo sul tuo volto quell'espressione d'indifferenza sdegnosa. Guardami, Fulvia, guardami negli occhi, e vedi se non ti adoro...—e poiché ella taceva e non lo guardava ancora, le si precipitò ai piedi e le abbracciò le ginocchia:—Via... non far così: Fulvia, guardami!...

La donna ebbe a queste parole un lieve sorriso di compiacenza forzata, e gli porse la mano per sollevarlo: egli si alzò e sedette ancor tremante presso di lei, sul lettuccio.

—Fanciullo!—ella mormorò infine pietosamente,—tu abusi della mia pietà, perché sai che non so vederti soffrire...

A queste parole egli pure sorrise e si calmò come per incanto.

—Io non abuserei della tua pietà se tu non abusassi del mio amore,—susurrò poi con accento infantile; e si protese verso di lei che non si mosse e le baciò la fronte. Ma quel bacio lo esaltò: sentì l'alito di lei tiepido su le carni, e un irrefrenabile desiderio lo assalse: allungò le braccia, strinse nelle mani il volto morbido dell'amata, cadde su lei, le impresse su le labbra tre, quattro baci ardenti, quindi un lieve morso voluttuoso.

—No, no, Paolo! Che fai?... Finiscila,—gridava Fulvia, un po' scherzosa, poi un po' irritata, sotto le sue carezze.

Egli pareva non udirla; eccitato anzi dalla resistenza, la stringeva vie più forte a sé, inveiva vie più forte su di lei con i baci.

—Ma è troppo presto, fanciullo... Lasciami!—disse, scoppiando in una risata stridula, donna Fulvia.

E con un rapido moto di tutta la persona si tolse dalla stretta di Paolo, si levò in piedi, mentr'egli, esausto e beato, s'abbandonava inerte contro la spalliera del lettuccio.

Paolo rimase così, con gli occhi chiusi e un gran sorriso su la bocca. Essa lo guardò un istante curiosamente, poi, di un balzo, fuggì dal salotto per la porta ond'era entrata. Quand'egli s'avvide che ella era scomparsa, s'alzò, corse difilato all'uscio per inseguirla, sollevò rapidamente la portiera, si trovò d'avanti ai battenti chiusi a chiave.

—Ah, cattiva!... apri... apri...—implorò, tentando di smuover l'uscio con delle scosse, battendo con le dita nel legno.

Ma durante i suoi vani sforzi, un passo secco e avvicinantesi risuonò nella sala vicina; l'Érmoli si volse irritato per vedere chi s'avanzasse, e su la soglia scorse il servitore che l'aveva introdotto.

—Che vuoi?—gli chiese bruscamente.

Si sarebbe detto che costui ridesse dentro di sé, all'atteggiamento solenne e diplomatico di tutta la persona, che aveva assunto al conspetto dell'Érmoli.

—Che vuoi?—ripeté Paolo più veemente, poiché l'altro non rispose.

—La signora contessa m'incarica d'avvertirla che stasera la aspetta un po' prima dell'ora convenuta; verso le sei, sei e mezza.

—Va bene!—brontolò Paolo, alzando le spalle irritato.

Raccolse il cappello e la mazza, deposti su una sedia nell'entrare, e precedette il servo per l'appartamento silenzioso, dove l'ombra stessa gli pareva piena d'ironia.

Uscì come ebbro; discese le scale in preda a un'agitazione crescente, si trovò nella via.
Di tutta la scena con Fulvia non ricordava che il titolo del libro che aveva visto sul tavolino d'ebano intarsiato, e l'oscura domanda di lei:

28

"È vero che non avrai per me dei segreti?,,

III

S'incamminò, senza volerlo, verso la Galleria.

La piazza Sant'Alessandro era piena di luce: la chiesa ergeva le sue due torri basse e la sua cupola tonda sul cielo diafano e stendeva la sua gradinata al sole. Dal palazzo del Ginnasio si riversava il fiotto chiassoso degli studenti che uscivan dalle lezioni, come un'orda barbarica di piccoli uomini invadente nella calma pomeridiana l'assopita città. Con simpatica foga essi sostavano alquanto d'innanzi alla porta della scuola, raccolti a gruppi, a capannelli, o distesi in fila lungo i muri; discorrevano ad alta voce, discutevano animatamente, riempivan l'aria di trilli vivaci, di risa, di schiamazzi: poi quella folla irrequieta di giovinetti e di fanciulli, carichi di libri, si disperdeva a poco a poco nelle vie circonvicine, portando seco quella gajezza spensierata e romorosa, che da lontano mandava ancora tutt'intorno, affievolite, le parole alte e le risa argentine, come ripercosse da un'eco.

Paolo si trovò senz'accorgersi in mezzo a quell'onda giovenile che lo incalzava da ogni parte, e dovette soffermarsi alquanto per lasciarla passare. "Fanciullo!„ pensò, ricordando l'inflessione stessa di voce con la quale Fulvia gli aveva rivolto la parola. "Eccone alcuni forse meno fanciulli di me!„ Come poi gli ritornava alla mente simile a un uggioso ritornello, l'impressione angosciosa causatagli da Le crime et le châtiment del Dostojewsky sul tavolino di Fulvia: "Mi piacerebbe sapere,„ continuò "che specie di commozione ò provata trovando quel libro nel salotto di Fulvia. Paura, forse. Paura?... Ma di che? Del castigo?... Ma di qual castigo?—È inutile: l'eredità dei pregiudizi è più forte di noi e, spesse volte, le più sciocche idee ne conquidono la ragione, e ne l'offuscano, quando meno ce l'attendiamo. Siamo ancora imbevuti della falsa morale dei nostri padri, timorosi del buon Dio, e quando non si à tempo per ragionare, istintivamente si sragiona. O' avuto paura, questo è certo: ò provato presso a poco uno di quei panici che ci sorprendon violenti e inesplicabili, allorché, rivolgendoci, ci troviamo dietro di noi qualcuno che non ci si aspettava, fosse egli pure il più caro dei nostri amici. Dopo, appena vinta la prima commozione, si ride allegramente di quegli spaventi intempestivi. Perché dunque non dovrei ridere io pure del mio?„

L'Érmoli scosse le spalle e procedette più spedito, come si fosse levato un peso che lo aggravasse.

“E la domanda di Fulvia quanti torbidi sospetti mi à suscitati, ed uno più ingiustificabile dell’altro! Eppure non era forse una delle solite domande vuote di significati, che rivolgon le donne amanti quando non sanno più altro che dire?„

“—Mi amerai molto... non avrai per me dei segreti...—Frasi fatte, luoghi comuni dei discorsi d’amore, primi sintomi dell’immancabile gelosia... In somma parole senza sottintesi oscuri, senza occulte intenzioni, assolutamente!...„ Così egli si diceva, discendendo a passi lenti la popolosa via Torino verso la Piazza del Duomo. E parevagli d’esser calmo, libero d’ogni inquietudine, sicuro di sé stesso come sempre.

Eppure un’intima, profondissima molestia persisteva sotto la tranquillità superficiale del suo spirito.—In verità, il contegno di Fulvia con lui non era mai stato dei più chiari e dei più conseguenti. Ella l’amava, veracemente l’amava; nessun dubbio su ciò. Troppo egli l’aveva vista accasciarsi e struggersi per le sue dimenticanze, e durante i periodi di frigidità che a intervalli lo rendevan duro e ostile verso di lei! Troppa gioja aveva egli sorpresa in quegli occhi chiari, su quella bocca sinuosa e ardente, per quelle mobilissime linee del viso, a’ suoi arrivi inaspettati, a’ suoi ritorni lungamente attesi, alle sue attenzioni e sollecitudini veramente sincere!

Come mai però in due lunghi anni, dacché era incominciata la loro platonica intesa, dacché era scomparso nel silenzio del nulla Diego Rebeschi—il rivale invincibile—, come mai ella non aveva mai avuto un istante d’intero abbandono, non aveva mai voluto un contatto materiale con lui, anche il più innocente, s’era chiusa nella sua fede amorosa come in una rocca impenetrabile? Tanta castità, tanto sdegno del senso, tanta irritabilità nervosa ai contatti, eran dunque naturali in lei? E poteva ella essere stata così anche col marito, anche con Diego?

Queste e consimili domande Paolo s’era già fatte le mille volte, e non aveva saputo trovare ad esse una spiegazione che lo sodisfacesse; poiché egli aveva anzi conosciuto dalle fraterne confidenze del cugino che donna Fulvia era appassionata, tenera, inestinguibile ne’ suoi ardori. Poteva forse aver mentito il cugino, per una malsana vanità d’amante? No. Egli sapeva per lunga consuetudine che Diego non era affatto vanitoso e possedeva la bella franchezza degli uomini semplici e mediocri. Dunque era con lui, era a lui solo ch’ella riserbava quel contegno, quasi di vergine intangibile? E perché?

Ahi, molte volte la risposta non voluta, la risposta temuta e repugnante era balenata nel suo pensiero, quasi una fosca rivelazione: "Fulvia mi ama, ma à orrore di me. Ella sospetta, ella forse sa ogni cosa!„ Questa risposta però era sempre stata rigettata sdegnosamente da lui poiché la giudicava assurda, ignobile, stupida.

Ed anche questa volta,—com'essa sorse spontanea, naturale, logica nel suo pensiero—, fu sùbito respinta indietro, bruscamente. Rimase però, nascosta nel fondo dell'essere, pronta a risorgere, vigile, impaziente, minacciosa, nell'aspettazion della prossima ora definitiva.

Così pensando e torturandosi, Paolo aveva percorso l'intera via Torino ed era giunto su la Piazza del Duomo. All'aprirsi del largo egli si fermò un istante ad osservare quel formicolare d'uomini in mezzo al via vai multicolore delle carrozze, degli omnibus, delle tranvie, quell'agitazione quasi affannosa della vita urbana che si condensa nel centro d'una grande città: poi, trovandosi in quei paraggi popolosi che gli ricordavan le abitudini della sua vita quotidiana, riprese a poco a poco, senz'accorgersi, la sua indifferenza leggermente sarcastica d'uomo di società, e con passo più rapido si diresse verso i Portici Settentrionali dove sperava d'incontrare qualche amico, o, per usare la sua frase abituale, qualche "seccatore„.

Non era giunto allo sbocco della Galleria che avea già trovato quel che cercava: aveva preso sotto il braccio il commendator Mariani, che veniva in direzione opposta alla sua, e lo trascinava verso il corso Vittorio Emanuele a viva forza.

—Mi piacerebbe sapere perché i tuoi capelli diventano tutti i giorni più neri!—gli diceva, ridendo con foga.

Il Mariani, abituato a camminar lentamente per il peso degli anni, a stento dissimulati, e del ventre rigonfio, sbuffava come un mantice, dovendo tener dietro al passo spedito dell'Érmoli.

—Piano! gli gridava.—È stato abolito il corso forzoso, ma questa è una vera corsa forzosa. Io devo andare a casa.

—Spìcciati, tartaruga, ché ò fretta: ti offro il vermouth al Bar, e spero non vorrai darmi il dispiacere d'un rifiuto: devo pranzar presto, se voglio arrivare in tempo a prender moglie.


—Ah! sicuro, oggi prendi moglie! Non me ne ricordavo più,—esclamò stupefatto il commendatore, accelerando il passo;—in tal caso non voglio darti altro dispiacere: ti seguo.


Giunsero all'American Bar, e vi trovarono il Serbelli, il Levi e Giorgio Alboè, ritornato la mattina da un fortunoso viaggio in Oriente.


L'Érmoli offerse la bibita a tutti, chiacchierò alquanto con gli amici di cose varie e indifferenti, chiese qualche impressione del suo viaggio all'Alboè, poi finse d'uscir fuori per vedere un po' la passeggiata elegante del pomeriggio, e, senza salutar nessuno, attraversò il Corso per dirigersi a casa.


Rientrando nella sua camera, in quel lusso amico, dove da quindici mesi si cullava nel sogno lusinghiero della felicità,—dopo il repentino mutamento di condizioni, dalla miseria alla dovizia—, Paolo, alcune ore prima di raggiungere uno de' suoi più ardenti desideri ambiziosi, fu ripreso dal corso di pensieri lieti della mattina che gli avvenimenti della giornata avevan solo interrotto.


Dopo aver chiesto a Enrico se tutto fosse pronto per la partenza, l'Érmoli si mutò d'abito, si vestì da viaggio, poi si fece portare i giornali della sera, e accomodatosi in una poltrona a sdrajo si diede a scorrerne qualcuno.


La sua mente però volava e non gli permetteva di fissare l'attenzione alla lettura: gli occhi scorrevano su le linee dell'articolo di fondo del Tempo, ma la sensazione ottica si tramutava a stento in idea e le idee non concatenate dalla memoria si succedevan senza nesso e svanivano come gocce luminose pioventi a intervalli nelle tenebre senza rischiararle.


"Che cosa ò letto io?„ si chiese Paolo, giunto al primo asterisco dell'articolo. "Chi sa? Non mi ricordo una sola parola di questa colonna di stampa: si vede che dev'essere molto interessante per lasciare una così profonda impressione. D'altra parte io non so

che cosa possa trovare in questi giornali d'attraente: né perché mi sia messo a leggere.,,
Lasciò cader su i ginocchi il Tempo e s'abbandonò tutto alla piena della sua esaltazione
psichica, a quella vaga polifonia di pensieri e di sentimenti piacevoli che spontanea si
sviluppava nel suo spirito. Si distinguevano infatti in essa, armonicamente combinati,
due motivi assai dissimili; uno energico e descrittivo, all'inizio più imponente, come un
allegro vivace volante per l'orchestra con ritmo giocondo e balzante, che esprimeva la
gioja della vittoria; l'altro melodioso e soavissimo che lento si svolgeva sopra
quell'allegro furoreggiante, e, da prima fievole e come lontano, s'avvicinava man mano
e cresceva d'intensità, finché, affievolendosi il primo a sua volta e perdendosi, prendeva
il predominio e s'allargava maestosamente nell'orchestra intiera, trionfale e gaudioso: il
motivo d'amore. Paolo, in quella dolce alternativa di commozioni, aveva dimenticato
totalmente la realtà; era rimasto così immobile lungo tempo, gli occhi perduti nel vuoto
e come ciechi, i sensi addormentati in un letargo profondo, la fantasia sola volante nel
libero mondo dei sogni di là del probabile e del possibile, di queste due muraglie
insormontabili entro cui si dibatte affannosa tutta l'attività umana.


L'ora che batté all'orologio a pendolo, tichettante monotono nella sua camera, lo scosse:
eran le cinque. S'alzò in fretta, e uscì per pranzare.


Al Cova alcuni vecchi gentiluomini, abituati a prendere a quell'ora la solita bibita
stimolante, discorrevano della caduta inaspettata del Ministero Crispi, ed altri dei
progressi scenici d'una Tersicore su la via della celebrità; l'Érmoli sedette solo a un
tavolino appartato, e ordinò al cameriere di servirlo in fretta. Poco dopo entrò dalla parte
della pasticceria l'avvocato Maddaloni, il suo testimone, alto, dalla barba un po'
brizzolata, vestito severamente di nero; e gli si avvicinò. Paolo si levò sorridendo e lo
salutò con affettuoso rispetto.


—T'aspettavo!—gli disse l'Érmoli, offrendogli una sedia.


—Lo credo,—soggiunse il nuovo venuto, rifiutandola con un atto della mano.—Allora è
alle sette?


—Sì, alle sette precise.


—Va bene: mi troverò per quell'ora al Municipio.

—Come, non vieni da Fulvia con me?


—Non posso; ò un abboccamento, al quale non debbo mancare, proprio adesso alle sei. Ci vediamo fra un'ora.


—Va bene. Arrivederci.


Il Maddaloni uscì salutando a pena con un cenno del capo.

IV

L'Érmoli pagò il conto e ordinò di chiamargli una carrozza publica da Piazza della Scala. Poco dopo egli era diretto di nuovo alla casa dell'amata, d'onde, insieme con lei e con i pochi congiunti prossimissimi (Paolo s'era decisamente rifiutato a dare una qualunque publicità alla cerimonia) sarebbe andato al Municipio per la celebrazione delle nozze.

Fulvia ricevette Paolo cordialmente allegra: quando sentì nell'anticamera la sua voce, corse ridendo fin su la soglia della sala, gli prese le due mani, e lo condusse, tenendogliele sempre strette, fino al divano, dove sedeva una signora belloccia ancora e vivacissima, una cugina di lei.

—Marchesa!—disse Paolo, inchinandosi leggermente.

—Or mai, cugino, mi farete il favore di smettere questo titolo uggioso per chiamarmi semplicemente Giovanna!—strillò la piccola signora Argenti.

—Come vi piace!—soggiunse l'Érmoli, e le baciò galantemente la mano inguantata ch'ella gli stese. Poi si volse a Fulvia:

—E il duca?—domandò.

—Il duca?... Che vuoi che ne sappia? Non è ancor venuto, ma non potrà tardare. Sai che arriva sempre un momento dopo dell'ora fissata.

—Bel sistema!—mormorò Paolo.

—È il suo, e tanto basta!

L'Ateni vestiva un semplice ma elegantissimo abito da viaggio e non portava un sol giojello. Era più pallida del solito, e gli occhi le brillavano come avesse pianto.

—E l'avvocato Maddaloni che dovevi condûr teco?—domandò Fulvia.

—Verrà direttamente al Municipio.

Un suono di campanello annunziò in quel punto il duca d'Alavo.

La scena indifferente, quegli spettatori importuni della sua felicità, la prossima cerimonia ufficiale indisposero l'Érmoli: egli aborriva da tutto quel convenzionalismo di forme che pur doveva riconoscere indispensabile. Se avesse potuto rimandare al domani quello ch'egli da mesi agognava ardentemente, lo avrebbe fatto senza dubbio. A un tratto divenne triste e taciturno: andò a sedersi in una poltroncina discosta dal gruppo delle due signore e del d'Alavo, prese un albo di fotografie e si pose a sfogliarlo.

In una delle prime pagine lo colpì il ritratto di Diego Rebeschi, la sua vittima: egli lo fissò lungamente in preda a una morbosa curiosità. Non v'era però nulla di doloroso né di pauroso in quello sguardo: lo fissava per un inesplicabile desiderio di ricostruzione ideale della personalità di lui; e quella fotografia nitida, che riproduceva il volto pallido di Diego in un istante d'attenzion naturale, riusciva perfettamente allo scopo. Egli lo vedeva vivo e parlante in quel ritratto, e la marea delle memorie, per quell'illusione sensitiva, ascendeva lenta e travolgente nel suo spirito mal sicuro ad appartarlo tragicamente nel passato: e Paolo ricordava quando il Rebeschi, malato in fil di vita, gli aveva mostrato, commosso dalle sue cure fraterne, il testamento prezioso nel quale lo eleggeva suo erede universale: poi la convalescenza di Diego, poi la violenta passione di lui per Fulvia, poi il prorompere della sua cupa e silenziosa gelosia, dell'odio atroce per il cugino, della paura delittuosa di vedersi tutto sfuggire dopo aver tanto sperato. E ripensava quando il Rebeschi, guarito e felice, partì con la giovine vedova, con quella donna ch'egli avea così vanamente desiderata durante lunghi anni, per quel viaggio idiliaco in Isvizzera; e infine il ritorno degli amanti, la conoscenza per un caso fortuito che il testamento antico esisteva sempre: l'idea, la lotta disperata con la propria sensibilità e con i vieti preconcetti morali, per imporsi la forza d'agire, e poi... l'azione (era poi stata azione?), il delitto, l'impunità sicura e gloriosa!

Un attimo, un unico attimo era bastato ad eseguire il suo piano diabolico! Si sarebbe potuto credere che il destino avesse congiurato insieme con lui per sopprimere l'uomo importuno; quand'egli, là su l'altura solitaria di Nirano, aveva visto Diego spingersi su l'orlo fatale, oscillare, cadere nella immane pozza di fango del vulcanetto, aveva pensato sùbito che una Volontà superiore fosse intervenuta ad ajutare la sua incerta volontà. Ed egli l'aveva freddamente lasciato perire, sordo e impassibile alle grida disperate, ai cenni mostruosi di soccorso che gli rivolgeva il morituro!


Ecco, la memoria precisa del fatto rinasceva adesso in Paolo d'avanti all'effigie del cugino, nell'ora prossima al raggiungimento "finale,, del suo Scopo, con una singolare evidenza di particolari:—Egli rivedeva l'onda dei colli Emiliani, sotto il sole formidabile: una pallida successione di dossetti brulli, senz'alberi, segnati a lunghi intervalli dalle cupe macchie degli arbusti spinosi. Egli rivedeva l'insidiosa conca dei vulcanetti di fango, d'un color livido, senza un ciuffo d'erba, tempestata di monticoli umidicci, specie di pustole fredde stillanti un denso liquor di cenere. Egli rivedeva sul cielo infiammato il volo sollecito degli uccelli migratori, che gittavan le grida di richiamo ai dispersi dell'aria, fuggendo senza posa la plaga inospitale. Egli rivedeva infine l'orrida statua d'argilla, ch'era uscita per ben due volte dalla pozza, dopo la caduta di Diego; una mano levata nel vuoto e supplichevole, l'altra mano aggrappata all'orlo viscido dell'abisso che si scalfiva e si sfondava nell'inutile stretta.


Tutte queste terribili cose egli rivedeva, distintamente, come in un sogno, d'avanti al ritratto smunto della prima sua vittima; e rivedeva anche (più terribile d'ogni altra imagine!) la gran faccia rossa e spaurita di Gianni Vesta, il rozzo compagno di caccia del cugino Diego, quello ch'egli aveva lasciato cinicamente accusare e la Giustizia degli uomini aveva ritenuto colpevole e condannato,—nel momento della iniqua e altosonante sentenza!


"Sono innocente,, aveva egli mormorato, abbassando lo sguardo a terra; ed era partito barcollando tra i carabinieri impassibili, per la disperata solitudine della cella carceraria!...


—Che ài?—gli chiese con affetto Fulvia, avvicinandoglisi.


—Nulla,—le rispose seccamente Paolo, scotendosi, gittando l'albo su la tavola.

—Mi sembri triste.

—E come non dovrei esserlo?—borbottò egli sottovoce.

Ella non comprese.

—Sei crucciato forse con me, per averti oggi lasciato solo? Ma cominciavi a far l'impertinente, e mi pareva un po' presto.

Fulvia disse queste parole con tanta grazia e con un tremito di voce così soave, ch'egli ne fu profondamente commosso.

—Oh! no, con te non son crucciato!—mormorò Paolo, guardandola appassionatamente.

Fulvia gli sorrise e si allontanò. Quel breve dialogo affettuoso bastò a esilarare lo spirito rabbujato dell'Érmoli; come sempre, la voce di lei gli aveva suscitato nell'animo quell'ineffabile senso d'amore che tutto lo trasformava; egli la seguì con lo sguardo, malinconicamente, e provò nel cuore, guardandola, una strana delizia.

—Ohe! ragazzi,—gridò il duca, col suo fare paterno,—sarà bene incamminarci.

—È vero! Sono le sei e cinquanta!—disse l'Argenti, dopo aver guardato l'orologio piccolissimo.

—Andiamo pure!—esclamò Fulvia, tentando invano di reprimere un profondo sospiro.

Paolo s'alzò senza parlare; ajutò la signora Argenti a indossare la magnifica mantiglia, e uscì per il primo dalla sala.

Alla porta eran ferme due carrozze chiuse, quella dell'Ateni e quella del d'Alavo.

—Quattro in due carrozze,—disse questi,—bisognerà dividerci.

—Sicuro. Vada lei con Fulvia, duca,—gli gridò Paolo:—io e la marchesa approfittiamo della sua.

Quando l'Érmoli fu solo coll'Argenti, questa si affrettò a dirgli con la sua voce acuta e studiata di donnina galante che à parecchi anni da farsi perdonare:

—Cugino ostinato, voi non volete dunque chiamarmi assolutamente col mio nome...

—È vero—egli mormorò—scusatemi; perché, vi confesso, sono un po' turbato...

L'Argenti lo guardò con istupore, non potendo capire quel turbamento in Paolo Érmoli: ma, non volendo importunarlo con una domanda, prudentemente tacque. Siccome poi egli pure taceva ed ella non era abituata al silenzio, cominciò a parlare leggermente, saltando da un argomento all'altro con la volubilità e l'amabilità delle signore solite a sostenere una conversazione da salotto; parlava ancora mentre la carrozza si fermava in piazza San Fedele alla porta del palazzo Marino.

Il Serbelli e l'avvocato Maddaloni, che avevan già salutato Fulvia e il duca, si fecero incontro a lei, e il Serbelli le offerse il braccio per entrare nel Municipio. La comitiva indugiò alquanto nell'atrio, discorrendo; fuori alcuni popolani s'eran fermati, curiosi di quel matrimonio signorile e senza alcuna pompa, ad un'ora insolita, e spingevan dentro gli sguardi ricercando in vano il bianco abbigliamento della sposa.

Per togliersi a quella curiosità plebea, Paolo sollecitò perché si entrasse nella sala delle cerimonie; e vi si trovò già in aspettazione l'assessore incaricato.

Questi salutò il d'Alavo amico suo, poi il Maddaloni ch'era consigliere comunale; quindi s'incominciò la cerimonia nuziale. Essa fu celebrata in mezzo al silenzio malinconico dei presenti: la voce nasale dell'assessore, mentre leggeva gli articoli del codice, risonava triste e monotona nella sala, risvegliando i cupi e prolungati echi delle vòlte. Paolo sembrava seccato, Fulvia commossa. Alla domanda sacramentale se fossero contenti di sposare, l'Érmoli rispose in fretta "sì„ come a un importuno che volesse levarsi d'intorno; ella prima di rispondere parve perplessa un istante, poi pronunciò un "sì,, energico e rapido che gli echi mormorarono a lungo. Quando Fulvia firmò, la sua mano tremava come durante il colloquio della giornata con Paolo.

Uscirono, e nell'atrio si scambiarono i saluti e gli auguri. La sposa con apparente gajezza, ringraziando, strinse affabilmente la mano agli uomini che le sciorinavano dei madrigali comuni, poi abbracciò e baciò la marchesa che le susurrò all'orecchio forse qualche parola audace da farla ridere e arrossire insieme.

Paolo e Fulvia salirono finalmente nella loro carrozza, fra le due ale ingrossate dei curiosi, che ammiravano l'avvenenza superba di lei, mormorando; e con un ultimo saluto dagli sportelli, partirono diretti alla stazione.

La solitudine con la donna adorata, la fulgida prospettiva del piacere, fors'anche il pensiero d'aver condotto a termine quell'odiosa cerimonia, rianimarono Paolo: egli prese affettuosamente la mano di Fulvia e la trasse alle labbra. Ma sentendola agitata da quel tremito nervoso che prima aveva già osservato e spiegato con la commozione del momento:

—Perché tremi così, Fulvia?—le chiese.

—O' freddo!—ella rispose semplicemente.

Egli non dubitò: le cinse le spalle con un braccio e la trasse a sé così dolcemente, che Fulvia non fece un atto di resistenza e gli cadde col capo sul petto. L'Érmoli prese allora uno scialle e ve l'avvolse accuratamente fino al collo: poi le ridomandò:

—Ài freddo ancora, così?

—No,—mormorò Fulvia, ma non smise di tremare.

Allora l'idea cupa attraversò il suo cervello: "Ella mi ama, ma à orrore di me! Ella sospetta fors'anche sa ogni cosa.„—"Debolezze!... Atavismo!... Ciò che nessuno sa e nessuno può sapere, è come non fosse mai avvenuto!„ egli pensò sùbito.

Ritacquero.

Ora Paolo si sentiva invadere lentamente da un'onda di beatitudine, e fremeva odorando quel sottile e noto profumo di lei, che riempiva la piccola stanza d'un'aria molle e voluttuosa, come quella d'una serra in primavera. Al suo pensiero ritornavano alcune parole di Teofilo Gautier: En amour souvent un fiacre vaut un bosquet de Cythère, e sorrideva di compiacenza e di orgoglio.

Quando furono nel coupé riservato del treno diretto a Como, Fulvia, che sembrava stanca, si coricò su i cuscini, appoggiando la testa al petto di Paolo, e parve s'addormentasse; non dormì però mai. Egli si chinò una volta verso di lei e la baciò leggermente su una guancia, ma Fulvia non fece un movimento, non aperse neppur gli occhi.

Egli s'abbandonò allora al suo pensiero: "Ecco il Premio! Questa donna non sarebbe mai stata mia ed io l'ò voluta e l'ò avuta. Io esco dalla lotta per riposare la mia testa stanca sul seno di lei, e posso incidere sul mio scudo il motto: nec spe nec metu: perché non ò più nulla da sperare, e non ò da temere che dalla mia conscienza, ed essa tace e tacerà, perché è salda, emancipata dei preconcetti volgari, ignara delle paure ereditarie.„

Un lampo d'entusiasmo lo abbagliò: in quel silenzio notturno, che il boato sordo del treno corrente rendeva tragico e solenne, il suo spirito s'allargava, sì che gli pareva di signoreggiare quell'oscuro regno del Mistero con la potenza fatale del suo genio: oh! sì, egli era ben signore dell'Universo in quella sera fortunata, poiché il dispregio suo colpiva l'umanità intera, ed egli teneva una donna, tutta sua, che il pregiudizio di casta gli avrebbe contesa; egli possedeva una ricchezza, che aveva in onta alle leggi carpita; egli manteneva intatta e incontrastata la sua riputazione, che a dispetto degli uomini e delle sue azioni aveva saputa conservare. Era una luminosa vittoria contro la Società quella ch'ei celebrava, e la corona trionfale—eccola!...

Egli reclinò gli occhi, e rimase a lungo fissando le chiome un po' scomposte di Fulvia, quelle maravigliose chiome che avrebbero inondato il candore dell'origliere nuziale, obliose e notturne come le acque del Lete.

42

V.

Il lago tetro e nero simile a una gran pozza di pece stagnante, tra le forme indecise dei monti, mandava dei foschi riflessi. Sotto gli obliqui raggi della luna, già al tramonto, Como, nell'anfiteatro basso de' suoi colli, scintillava per una infinità di lumi, e pioveva nell'acqua morta lunghe strisce d'oro a pena ondulate, che parevano, succedendosi regolarmente, un colonnato moresco, sostegno paradossale della città addormentata su i liquidi abissi. Le lontananze opposte, come annebbiate dalla luce lunare, disegnavano un paesaggio desolato tra le erte e chiuse pendici, che soltanto a lunghi tratti il malinconico luccicare di qualche lume perduto interrompeva.

Paolo e Fulvia eran già arrivati alla loro villa in Borgovico, una villa pallida e sontuosa, ereditata anch'essa dal cugino Rebeschi, e s'eran ritirati nelle loro stanze.

Paolo, solo, svestitosi degli abiti da viaggio e indossata una serica camicia da notte, nella trascurata eleganza, con cui si voleva presentare nella camera di sua moglie, fumava alla finestra una sigaretta, gli sguardi smarriti nella notte. Ora si sentiva stanco e svogliato: quella spossatezza che assale coloro i quali, dotati d'eccessiva imaginazione, àn troppo a lungo stancato con essa un desiderio, s'impadroniva di lui proprio nel momento in cui era presso a sodisfarlo.

Ne' suoi pensieri involontarî una sorda tristezza ondeggiava. Egli non ne poteva trovare la cagione, poiché questa era appunto laddove egli meno lo sospettava: nella sicurezza del prossimo e inevitabile sodisfacimento. Ancora: l'imprevedibilità degli episodî, omai imminenti, di quella notte tanto sospirata (il primo entrare nella stanza di Fulvia, le prime parole, come si sarebbe appressato a lei, come l'avrebbe posseduta, come l'avrebbe lasciata, quel complesso di piccole scene, che si rappresentano ma non si posson preparare), deprimeva da un altro lato vie più il suo spirito, e gli toglieva ogni impulso per varcare la breve soglia ond'era da lei diviso. La facoltà d'amplificar le imagini delle impressioni, propria dei temperamenti lirici, aveva su di lui un potere dissolvente eccezionale: egli si trovava continuamente in balìa a un'alternativa incessante di speranze eccessive e di esagerati scoraggiamenti; le quali speranze lo accompagnavan costantemente fino al momento dell'azione, e gli scoraggiamenti lo assalivan quand'egli proprio si trovava nell'assoluta necessità d'operare. Così l'azione riusciva di solito fiacca o disordinata, e il più delle volte susseguiva a questa un abbattimento morale per l'insuccesso, dal quale non si poteva riavere che ideando altre e più fantastiche prove.

Allor che, anche senza suo merito, ma per il valido concorso delle circostanze, otteneva il successo preveduto,—per lo stupore s'abbandonava a un'esaltazione così iperbolica, che il suo pazzo amor proprio e la sua smodata ambizione lo riconducevan ben presto a maggiori e più acerbe delusioni. E questa disperata legge era stata la costante di tutta la sua vita!

Appoggiato al davanzale, la sigaretta ormai spenta tra le labbra aride, egli guardava in giro per il paesaggio notturno, ma spesso non s'accorgeva di vedere: solo di quando in quando la sensazione si faceva consciente, ed allora egli assorbiva da quella serenità una malinconia obliosa e indefinita, che gli dava un senso di pesante riposo: il suo spirito s'aggravava in quel mondo silenzioso e oscuro, e gli pareva di concepire l'istante come non avesse più alcun legame né con l'istante passato, né con l'istante avvenire.

Ma la realità lo richiamava presto a' suoi pensieri: "Che faceva Fulvia, mentre egli indugiava così, aspettando un impulso? Si sarebbe svestita? Forse si sarebbe già coricata nel gran letto di palissandro profumato, su cui ridea quella testa di fauno ch'egli ben conosceva? L'attendeva ella ansiosa? Oh! Era indegna di lui quella titubanza puerile,— di lui ch'era stato così forte e che aveva così intensamente desiderato il corpo di quella donna!,, Bisognava varcare quella porta socchiusa e null'altro; e pure non sapeva decidersi a varcarla.

Egli per ispronarsi tentava d'imaginare il piacere che poteva ripromettersi da quella notte d'amore; e la dolce imagine gli si dissolveva tosto nelle piccole ma delicate difficoltà, che avrebbe dovuto vincere per procurarselo. Egli si sforzava a raccogliere tutti i ricordi della dolce passione, grazie alla quale da più di sei mesi avea potuto del tutto assopire la disperata sua smania dell'impossibile, e appena riusciva a rievocare qualche desiderio, che in quel momento gli pareva passato e spento; a riandare dei timori, che, in quell'istante come non mai, sentiva giganti e prepotenti nell'animo.

"L'amava ella? L'aveva amato? Chi lo poteva accertare? Egli no; assolutamente no. Fulvia era stata così strana e così mutevole con lui che qualche volta perfino gli era passato il dubbio ch'ella fingesse l'amore. Ma perché fingere?,, Questo dubbio altre volte solo accennato, sorgeva durante l'indugio, con terribili apparenze di verisimiglianza: il fatto medesimo di non aver chiesto lei, così scrupolosa per il passato nella sua fede cristiana, la celebrazione del matrimonio religioso (fatto che altre volte egli aveva sostenuto come salda prova di fiducia e di grande amore per lui), testimoniava ora contro questa stessa fiducia e questo stesso amore. "Ella non l'amava!,, Egli concludeva la sua meditazione con questa frase desolata, e la concludeva così freddamente, apaticamente come tutto ciò non dovesse per nulla riguardarlo. Una freddezza, quasi ostile, contro Fulvia, sottentrava a poco a poco alla infinita tenerezza di prima. Era così anche questa volta, come sempre: all'istante di conquistare un pallio, corso con immenso ardore, egli si lasciava sorprendere dalla stanchezza e dalla malavoglia e s'arrestava sfiduciato. Il Piacere era per lui, come l'ombra sua: lo vedeva vicino finché non lo poteva raggiungere e gli scompariva allorché stava per agguantarlo.


E come e quanto egli aveva amata e desiderata quella donna! Da anni egli ne aveva ideato la conquista, ma come un sogno irrealizzabile, che si architetta nella mente pel puro compiacimento d'imaginar l'impossibile; l'aveva desiderata fin da quando la prima volta l'aveva vista al braccio di Diego ad un ballo, in un voluttuoso abbigliamento chiaro da cui prorompevano squisite carnosità del molle colore dell'avorio antico. La contessa Ateni quella sera, tra gli uomini assiepati intorno, passava sotto gli sguardi gravidi d'ammirazione, di bramosia, d'invidia, altera e indifferente come una dea. Ed egli, siccome gli parve delle altre più impeccabile, non la poté più scordare. Poi, dopo d'allora, l'aveva seguita a lungo, forse involontariamente, senza una speranza e senza pure un'illusione, pago e contento di godere quel poco che a tutti può concedere una bella donna: qualche stretta di mano, qualche sorriso, qualche invito, un quarto d'ora di dilettantismo galante, uno sguardo. Diego Rebeschi pareva amatissimo dalla giovine vedova: poneva in lei una fiducia senza limiti. Per la incitazione amichevole del cugino, Paolo la poteva frequentare con certa assiduità; ed era realmente superbo di trascinar la sua miseria ben dissimulata in mezzo al lusso raffinato di quella casa signorile. Poi il cugino era affogato, lassù, durante una partita di caccia, nella voragine di fango, e Paolo aveva avuto la sodisfazione d'essere accolto tra la sottile schiera dei confortatori col Serbelli, con l'Albenza, con due o tre altri intimi di casa. Gli sembrò allora per la prima volta che Fulvia potesse in un giorno vicino o lontano, corrispondergli: egli era in un momento di auge: i suoi articoli sul Progresso, articoli audaci, brillanti, popolari, gli avevano creato una certa celebrità, di cui per qualche giorno poté accontentarsi. Sperò e non fu deluso. Con la morte del Rebeschi,—morte voluta—egli ereditò una cospicua fortuna, e poco dopo il sogno de' suoi tempi di abjezione si vide per un caso singolarissimo splendidamente e repentinamente avverato.


Fulvia era sua. La inarrivabile dama, che gli era apparsa per la prima volta in una festa da ballo, l'attendeva discinta dietro quell'uscio socchiuso: egli non doveva fare che due soli passi, ed era presso di lei, signore e amante suo; due soli passi,—ma Paolo esitava a farli, forse anche aveva paura di farli.


Le chiese di Como sonarono una dopo l'altra, lentamente, le dodici: quello squillo secco e prolungato di campane nel silenzio notturno aveva un non so che di tragico e di solenne, che scosse Paolo dal suo tedio e dalla sua immobilità: gli parve un richiamo, venutogli dal di fuori, alle convenienze del momento ch'egli aveva dimenticate; quasi un rimprovero della notte per la sua miserabile impotenza ad afferrare anche quell'occasione di piacere, a sentire, fosse pure un attimo, l'impulso della Materia, la voce della Natura, il richiamo semplice e grande della sessualità.

Si levò in piedi: aveva negli occhi una luce fredda, vitrea; il volto era pallido: le labbra contratte; i lineamenti atteggiati a un'insensibilità orribile. Egli aveva, in quell'ora di crudele irresolutezza, sofferto assai più che i suoi pensieri desolati non avessero potuto farlo soffrire: assai più ch'egli medesimo non sapesse! Si fregò gli occhi, si stirò, come si svegliasse allora da un pesante letargo, e pronunciando la parola "Andiamo,,, forse per raccogliere quel brandello di volontà che gli rimaneva, s'avviò verso la stanza di sua moglie.

Aperse pianamente l'uscio, rialzò la cortina, non senza un resto di titubanza, e spinse l'occhio nella ricca camera che, per la lampada a smeriglio giallo, languiva in una soave penombra d'oro.

Il letto era vuoto, e ancora intatto: in torno nulla indicava che una signora era entrata per passarvi la notte; né, per quanto egli girasse lo sguardo, gli era dato di scorgere il cappello, il velo, la mantiglia di Fulvia.

Impensierito, s'avanzò d'un passo nella camera. Nessuno! Era vuota, né si sarebbe detto che alcuno mai fosse stato, al freddo ordine che vi regnava. Solo il fauno al sommo del capezzale, sotto il padiglione azzurro, gli gittava in volto il suo ghigno scurrile di scherno, così come gli era apparso quand'era venuto per la prima volta, pieno l'animo d'invidia e di rancore, a trovare in villa il dovizioso cugino.

Paolo si soffermò alquanto in mezzo alla camera, con gli occhi al suolo e la fronte corrugata da una molesta idea: poi, quasi lo avesse spinto una divinazione, si slanciò verso la finestra che rimaneva nascosta dal copioso panneggiato delle tende, rialzò queste con un rapido movimento, e si trovò a faccia a faccia con Fulvia, tutta abbigliata come quando erano discesi dalla carrozza, col velo bruno ancora steso sul bellissimo volto.

—Che fai lì?—chiese con voce un po' tremante l'Érmoli.

Fulvia che lo fissava, mormorò:

—Nulla. T'aspettavo.

—Così?

—Così.

Paolo tentò un sorriso, che si decompose tosto in una smorfia nervosa.

—Perché mai?—chiese dopo una pausa.

Fulvia non rispose: non alzò pure gli occhi.

—Ti senti forse male?

Ella fece cenno di no. Paolo corrugò la fronte, quasi la domanda, che prima le avea fatta, si fosse rivolta importuna contro di lui: e con voce più dolce riprese:

—Mi son fatto forse troppo attendere?

Fulvia lo riguardò; ma questa volta con atto di stupore; poi scosse la testa, e disse a voce ben chiara:

—Non so. Non ricordo neanche da quanto tempo io sia qui, a questa finestra.

—È mezzanotte.

—Mezzanotte?!...

Paolo le prese le mani inguantate: la trasse così dolcemente in camera: ella non reagì, si lasciò da lui trascinare passivamente, e non ritirò, finché la tenda ricadde dietro di loro, le sue mani da quelle di Paolo.

—Non ti levi il cappello?... i guanti?...

—Sì.

Fulvia s'avvicinò allo specchio, dove si tolse lentamente il tocco di lontra, la ricca mantiglia e i lunghissimi guanti di Svezia; poi ravviò alquanto i capelli, mentre Paolo in silenzio, curiosamente, la guardava. In fine si volse, e, nell'eletto abito di seta scozzese, dalle larghe maniche fluttuanti, che le modellava superbamente la taglia slanciata del corpo, rimase ritta incontro a lui, con le mani intrecciate dietro il dorso, quasi in atto di sfida.

In altra disposizione d'animo, l'Érmoli le sarebbe già caduto ai piedi, implorando la spiegazione di quello strano suo contegno; ma in quel momento, egli soggiogato ancora dai sentimenti di poc'anzi, non si mosse e s'accontentò di fissarla a sua volta freddamente.

Dentro di lui era un'impassibilità lucida e quasi burlesca. Quella donna, ritta tragicamente in mezzo alla camera, quella donna sua, incontestabilmente sua, che lo sfidava, gli parve grottesca e ridicola.—Il solito dubbio si disegnò nel suo pensiero, come l'ipotesi più plausibile di quel bizzarro atteggiamento di Fulvia; ma senz'alcuna apparenza paurosa o minacciosa. S'ella anche sospettava la Verità, (come e perché egli non sapeva), un tal sospetto doveva essere in lei così fragile, (poiché non sostenuto da alcuna prova materiale), che sarebber bastate poche sue parole per distruggerlo in un colpo. L'ora di spiegarsi fra di loro era venuta? Tanto meglio. Paolo si sentiva pronto ad affrontare la situazione con tutte le forze preziose del suo spirito.

—Paolo...—cominciò Fulvia, incoraggita da quella sua freddezza—io vorrei parlarti...

L'Érmoli a queste parole divenne ancor più pallido di quel che già era; ma non tentò un sol movimento, nella sua dura impassibilità.

—Che cosa?... Parla,—egli disse, poiché ella rimaneva interdetta a guardarlo.

—Ascoltami. Io sono tua moglie, se non ancora in faccia a Dio, in faccia agli uomini: sarò tua, te lo giuro... sarò tua—ripeté—ma ora... ora, non voglio... non posso...

L'Érmoli fece un atto di stupore.

—Non chiedermene il perché,—soggiunse Fulvia subitamente;—verrà giorno che lo saprai, fors'anche presto... ma ora, se mi ami davvero come tu dici, devi rispettare questo mio desiderio... devi rispettarlo... Bada che da questo momento dipende tutta la felicità del nostro avvenire!...

—Sì, sì,—interruppe con sarcasmo Paolo;—non è affatto necessario che tu insista così; perché, te lo accerto, non v'è pericolo alcuno ch'io t'usi anche la benché minima violenza morale. Io lo rispetterò. Solo vorrei conoscere prima d'uscir di qui perché ài tu accettato di sposarmi quando sapevi di dovermi preparare questa niente gustosa scena conjugale per la prima notte di matrimonio. E questo me lo dirai. Non è vero che me lo dirai?

Ella lo guardò, maravigliata di quel tono di voce aspro e sarcastico che non aveva mai udito dalla sua bocca: e le contrazioni delle labbra di lui, che volevan simulare un brutto sorriso, la fecero istintivamente fremere. Si fece forza, e rispose con energia, agitando alquanto la bella testa:

—Sì, sùbito. Perché t'amavo.

—E allora?...—domandò l'Érmoli, sorridendo.

Poi soggiunse, ironicamente:

—Ah! è vero, questo non te lo devo chiedere. Lo saprò un giorno, fors'anche presto, ma ora non puoi, non vuoi... È vero!


Fece l'atto di uscire: ella quello di parlare, ma né l'uno si mosse, né l'altra disse motto. Rimasero alcun tempo silenziosi, non osando pur di guardarsi, seguendo ciascuno il corso dei propri pensieri. Paolo, sempre pallidissimo, ma senza un fremito, risaliva la torbida corrente del suo passato: Fulvia, agitata e convulsa, discendeva in vece quella misteriosa del suo avvenire, e soffocava a stento la voce del cuore che già le parlava dolcemente di quell'uomo forse scellerato.


Alfine Paolo alzò gli occhi verso di lei, la guardò con le pupille dilatate e fisse:


—Infine io avrei oggi il diritto di farti parlare. Il tuo contegno verso di me è stato sempre così strano e inesplicabile che anche prima d'ora, oh! molte volte avrei voluto chiedertene il motivo: ma i tuoi occhi eran così belli che l'inchiesta mi moriva sempre su le labbra sopraffatta dalle parole passionate. Che cos'ài? Che cosa pensi di me? Chi si frappone, come uno spettro, fra te e l'amor tuo? Io non so, non trovo... So che in sei mesi dacché sono il tuo fidanzato non ò avuto da te un sol bacio; che oggi, tuo marito, mi vedo respinto dalla camera nuziale, senza una ragione plausibile, per un motivo misterioso che mi manifesterai forse un giorno, se me lo manifesterai... Ora, dimmi, confessalo: non ò il diritto il domandarti che cosa celi mai nell'anima tua per me, se è odio, ribrezzo, timore, diffidenza o che cosa di peggio ancora; e di esigere anche una franca, un'aperta risposta?... In tutto questo tempo ài tu potuto dubitare un solo istante del mio affetto? Non t'ò io dato tutte le prove, ond'era capace, per convincerti che fuor di te nulla mi sorrideva al mondo? Oh! Io sono molto mutato da che t'ò conosciuta!... Ebbene per l'amor mio, che tu devi ormai giustamente apprezzare, parla, Fulvia, aprimi alfine la tua anima; qualunque cosa tu richiederai poi da me, ti giuro d'obedirti, come obedivo la mia povera mamma... Ma ora parla...


L'Érmoli si era commosso profondamente, parlando.


Spesso gli avveniva d'intenerirsi così alle sue proprie parole, fin'anche alle lacrime, a causa del subitaneo immedesimarsi de' suoi sentimenti con la significazione esagerata delle sue parole.


—Ah! no, è impossibile!...—balbettò Fulvia, come parlasse fra sé.

Paolo le si appressò, la prese per le spalle e con accento passionato:

—Perché? Perché, Fulvia?...—le chiese.

—Perché è impossibile!...

—Impossibile, no. Tu parlerai... tu devi parlare. Io non posso rimanere sotto il peso di questo mistero... In nome di Dio, ti supplico di parlare.

Fulvia, a queste ultime parole, si tolse bruscamente a lui, indietreggiò due passi, lo guardò con una strana e forte espressione, come lo volesse dominare con gli occhi:

—Vuoi dunque ch'io parli?—disse.

—Sì.

—Posso io affidarmi alla tua lealtà, qualunque cosa ti domandi?

—Sì...

—Qualunque colpa ti ricordi?

—Che cosa vuoi dire?

—Rispondi: qualunque colpa io ti ricordi?

—Sì, sì, per l'onor mio; ma, in nome del cielo, parla alfine...

Fulvia si appoggiò al muro con le spalle.

—Diego... Diego...—cominciò ella, ma la piena della commozione le vietò tosto di seguitare; Paolo ridivenne a un tratto freddo come dianzi, la fissò sicuramente, e:

—Diego? Che cosa?—domandò con la voce dura.

Fulvia alzò gli occhi luccicanti, tentò ripetutamente di parlare, poi vedendo di non riuscire, s'abbandonò, spossata, sopra una sedia, il capo fra le mani tremanti, la gola strozzata da un singhiozzo.

L'Érmoli, imperturbabile, aspettò ch'ella si riavesse da quell'accasciamento improvviso, poi riprese con un sogghigno:

—È per essere fedele alla memoria sua che mi ti sei contrastata così?

—Ah! no, ascolta: non insultare. Ormai ti devo dir tutto: tu l'ài voluto... Ascoltami: non m'insultare. Io ò sospettato...

—Che cosa?

—... di te...

—Di me?!...

Fulvia si levò in piedi.

—Sì, di te, di te. Oh! Dimmi ora che non è vero, dimmi che tu non sei stato... che tu sei innocente... Dimmelo!...

—Ma io non ti capisco!—esclamò Paolo, guardandola calmo, tranquillo, sicuro.

Soggiunse poi, dopo una pausa, con voce severa, aggrottando le sopracciglia:

—Tu ài sospettato di me, per Diego?

—Sì,—mormorò Fulvia, timidamente.

—Ài supposto forse che io...?!—riprese Paolo con maggior forza.

Fulvia accennò a pena col capo, affermando.

—Ah, Fulvia!...

Fu un grido di minaccia, fiero e sdegnoso, che uscì dal petto del giovine,—un grido che parve quello d'un'anima sinceramente e profondamente offesa!

—Tutte, tutte uguali voi donne! Imbevute delle più assurde romanticherie, aperte ad ogni più oltraggioso sospetto, vili, ipocrite, maligne!... Dimmi dunque: dimmi: come ài potuto sospettare di me? E perché ài sospettato così? Quali indizî ài avuti? Chi fu il tristo che t'istillò nel capo il dubbio odioso?... Dillo dunque, dillo!... E perché ài taciuto fino ad oggi? Perché m'ài accolto e lusingato, se nudrivi nel tuo cuore un così torbido concetto di me? Perché?... Dillo, via; dillo!... Taci, eh? Non ài da dire una parola in tua giustificazione?!... Io lo capisco. Tu non ài avuto indizî; nessuno ti à ispirato quel sospetto, perché nessuno avrebbe osato anche di pensare una cosa simile! Sei stata tu sola che ài concepito il sospetto, che l'ài covato, e conservato gelosamente in te, come una tua preziosa creatura! "Io ero povero, non è vero? O' ereditato da un parente ricco un'ingente fortuna, non è vero? Sono io che l'ò ucciso! È naturale! È logico! È ovvio che sia stato così!,,

Disse anche, con accento d'amaro rimprovero, con la voce tremula e fioca:

—Ah, Fulvia, io non so se potrò mai dimenticare questo terribile momento della mia vita, non so se potrò mai un giorno perdonartelo... Per ora, addio!—E, così dicendo, si rivolse sdegnato per uscire.


Fulvia l'aveva ascoltato, senza muoversi, gli occhi bassi verso il suolo, il seno agitato da un anelito profondo e frequente. Pallida dalla commozione, ella bevve le sue frasi più che non le udì: erano ben le discolpe aspettate, agognate, volute dall'anima sua quelle che Paolo proclamava così nella notte propizia! Ah, quel dubbio nefasto, insinuato in lei da una lettera d'ignoto, nudrito poi nel cervello per due anni,—che l'amore non aveva potuto estirpare dalle radici, che la bocca non aveva mai osato proferire!... Finalmente era distrutto, rinnegato, gittato nell'abisso tenebroso, ond'era uscito! Come, come ella avrebbe potuto ancora dubitare, se Paolo affermava ciò ch'ella proprio desiderava?


—Férmati!—gridò, stendendo le mani verso l'amato, come implorando.


Egli s'arrestò; si volse; la vide, e comprese tutto. Ella gli andò incontro con gli occhi pieni di luce e le braccia aperte.


—Ah! Paolo mio, come il mondo è malvagio,—mormorò appassionatamente; e gli prese i polsi, e si diede a baciargli le dita a lungo, prona, curva d'avanti a lui, come volesse, ella orgogliosa, con quell'atto umiliante farsi perdonare tutti i torti che sentiva d'avere accumulati verso di lui in quei due anni di sospetto e di silenzio.


Poi, vinta e felice, gli cadde, trasfigurata dalla gioja, tra le braccia.

VI.

Quando Paolo Érmoli uscì dalla camera di sua moglie, albeggiava. Le ombre fosche della notte si rifugiavano nelle valli e nei cespugli, e un albore alabastrino si diffondeva lentamente sul cielo, dove resisteva ancora, ad occidente, il palpito lieve di qualche stella solitaria. A levante, sopra i monti, si distendevan delle bende diafane a lunghe striscie del color di cenere sparsa, che si dissolvevano sbrandellandosi nel chiarore invadente.

L'acqua metallica del lago pareva una deforme lama d'acciajo, caduta da una mano gigantesca, che si fosse, per l'enorme peso, infossata nelle montuosità circostanti.

Una gran pace signoreggiava quell'alba d'aprile: una gran pace vegetale, drappeggiata di verde e profumata d'intense e squisite fragranze. L'Uomo dormiva ancora inconscio in quel silenzio luminoso, poiché non ancora un accenno di vita attiva interrompeva l'immobilità pittoresca del paesaggio: la luce soltanto cresceva, rapida e smorta, cresceva sempre, invadendo le convalli tenebrose, disperdendo le ombre notturne, scivolando per le pendici, ravvivando ogni colore.

Paolo si recò alla finestra della sua camera per refrigerare un po' la fronte accesa: egli era stanco e languido per la rabbiosa notte d'amore successa al dramatico diverbio. Egli aveva posseduta la donna desiderata con tutto il trasporto della sua forte giovinezza, e pure sentiva un'intima insodisfazione, una sgradevole oppressione d'animo, che gli annunziavan come il piacere, che s'era ripromesso, non fosse stato precisamente quello che aveva sentito.

In verità, egli aveva passato alcune ore sublimi, ma egli non altro riusciva a pensare se non ch'esse erano trascorse irrimediabilmente mentre le assaporava.

La brezza del mattino lo ravvivò alquanto: quel sottile odore che si sprigiona, quasi l'estremo sospiro della notte moribonda, prima della levata del sole, sottile odore così gravido di ricordi per chi l'à aspirato una sola volta in una memorabile condizion d'animo, venne in buon punto a spronargli la fantasia come ai tempi della sua battagliera adolescenza.

A poco a poco, dopo aver ordinatamente peregrinato per il passato lontano, egli riprese il filo de' suoi pensieri ambiziosi. "Anche questa volta sono stato forte! Era l'occasione di cadere, di tradirmi, di lasciarmi sopraffare da' miei sentimenti, ed ò vinto, ò vinto ancora! Sansone abbandonò nelle mani di Dalila la sua testa e la sua forza, e si lasciò tagliar da lei le chiome poderose... La donna è sempre stata la grande uguagliatrice degli uomini! Anche Fulvia poteva esser tale per me, ma io, al contrario, ò saputo strappare a lei la forza insieme con quel sospetto, che poteva essere la mia rovina.„

Sorrise di compiacenza a questo grandioso confronto, a lui favorevole. Il paesaggio si animava: una vela era apparsa su l'acqua, qualche contadino, vestito a festa, passava imbronciato e triste su la via maestra: le campane di Pasqua risonavano da ogni parte; un romor sordo di carrozze e di carri saliva cupamente da Como. Sul cielo s'era disteso un tenerissimo vapor di rosa, come un drappo nuziale, e una luce calda penetrava omai l'acuta valle del Lario, rifrangendosi su la superficie appena crespata del lago in una confusa iridescenza di tinte vivaci.

Paolo percorse con l'occhio, un po' attonito, la ricca architettura della sua villa; poi il folto del giardino, ombreggiato da rare e splendide piante: e poi la strada su cui passavano le malinconiche figure dei lavoratori, di codesti schiavi della civiltà moderna, ai quali è concessa la sola libertà di morir di fame. Si recavano a pregare e a magnificare il loro Dio spietato! Paolo non li compianse: parvero a lui gli umili, i vinti, i predestinati al sacrificio. Quella vista gli accarezzò anzi lo spirito gonfio d'orgoglio: egli pensò alla sua indipendenza assoluta, alla sua ricchezza onnipossente, alla sua donna, e gli sovvennero alcune parole dello Schopenhauer: "Alla sola condizione d'esser ricchi, si è realmente sui juris; padroni del proprio tempo e delle proprie forze, sicuri di poter dire ogni mattina: la giornata mi appartiene.„

Ed egli, alteramente, mentre il sole dorava del suo primo raggio le creste dei monti, ne ripeté l'ultima frase a voce alta: poi, accapponato per il freddo mattutino, rinchiuse la finestra, calò le tende opache, e nella spensierata e fittizia esultanza de' suoi pensieri lusingatori, andò a gittarsi voluttuosamente sul gran letto prezioso.

Un'ultima parola illuminò ancora il pensiero di Paolo Érmoli prima di perdere affatto la conscienza nel sonno: "Vincitore!... Vincitore!...„ E tosto la tenebra lo avvolse.

VII

Paolo si svegliò di soprassalto, turbato da un sogno.—Il giorno non era ancora alto. Egli aveva dormito soltanto due ore, ma in quelle due ore quante imagini eran sorte nella sua mente, che turbinio di fantasmi aveva popolato il suo riposo!

Egli guardò l'ora, si stupì d'aver dormito così poco: quindi si levò a sedere sul letto, e volle ricercare nella memoria l'ordine del sogno fatto, la ragione del risveglio subitaneo e precoce. Solamente dei lembi dispersi di sogno poteva ricostruire, dei brani incoerenti, delle visioni fugaci senza alcun addentellato con altre visioni. Ricordava d'aver parlato amichevolmente con Diego, che rideva di quel suo riso aperto e buono, così noto a lui; ricordava d'aver visto tra una folla d'estranei o di dimenticati l'Albenza, il Maddaloni, la sua prima amante,—una giovinetta povera, che avea sedotta e tradita—, sopra tutto il Rinaldi del Progresso, che con insistenza l'aveva fissato senza salutarlo; ricordava d'essersi smarrito in un appartamento sconosciuto, pieno d'ombra e di mistero, e d'aver provato un senso di invincibile terrore; ricordava infine (e questo ricordo era il più lucido e il più inquietante) d'essersi trovato insieme alla sua povera madre, che gli diceva con la voce angosciata, guardandolo severamente:

—Ah, Paolo, Paolo! E come ài potuto far questo?—le identiche parole con l'accento medesimo ch'egli aveva già sentite pronunciar da lei molti anni prima, quando per pagare una donna le aveva rubato del denaro dal cassettone.

La memoria del fallo antico, rievocata, dal sogno turbò profondamente lo spirito di Paolo Érmoli. Parvegli di vedere in quel lieve crimine perpetrato nell'orbita familiare il primo sintomo d'una delinquenza abjetta e grigia innata in lui, parvegli di riconoscere nel giovinetto ladro la larva di sé stesso, l'embrione profetico del vanitoso Trionfatore presente. Uno scontento senza fine, come una nausea morale s'impadronì di lui. Tutte le sue teorie ribelli, che lo avevan fino allora giustificato e inorgoglito, caddero in un colpo: il suo delitto, le sue dissimulazioni, le sue stesse conquiste perdettero ogni virtù e ogni luce, precipitarono nelle tenebre dell'inconsciente, nel fango d'una bassa perversità. Egli si sentì ad un tratto mentitore volgare, assassino volgare, volgare usurpatore di ricchezze altrui. Non era dunque possibile ch'ei fosse veramente un qualunque criminale illuso nel giudizio di sé medesimo da una malsana vanità? E che diritto aveva egli per distinguersi da tutti gli altri, per sottrarsi fuor dalla folla vile di coloro, i quali al par di lui infrangevano bestialmente le leggi a loro egoistico profitto? Forse perché aveva egli ragionato il suo crimine? Forse perché aveva negato ogni principio di Bene o di Male? O perché s'era abilmente costrutto un sistema di sofismi ingegnosi a base d'una scienza incerta e ambigua, con la scorta dei quali poteva assolversi da ogni colpa? O in fine, perché era rimasto impunito, e anzi, meglio, remunerato?—Che valore avevan dunque le giustificazioni logiche e i resultati materiali per stabilire il carattere morale d'un fatto?


"Non esiste una legge morale in Natura,, disse l'Érmoli, per rispondere alla domanda importuna. "L'Etica come la Religione non sono altro che gioghi ferrei imposti dai forti su le groppe dei fiacchi e dei timidi per tenerli sotto; le azioni degli esseri viventi non sono per sé stesse né buone né malvage; sono bensì utili o inutili secondo che servono o meno a chi le à compiute. L'importante è adunque ch'esse siano utili, che rispondano all'intento e allo scopo che le à mosse. Quando poi sono utili, esse ànno la loro ragion d'essere, e tanto basta. Discuterle è vano; deplorarle, è sciocco; rinnegarle è da ingrato o da femmina bigotta!,,


Alzò le spalle stizzosamente: rimase poi immobile con gli occhi fissi nel vuoto, un po' inclinato in avanti, appoggiato coi gomiti su i guanciali. Livido, sformato dalla stanchezza e dal disgusto, egli sembrava così in aspettazione d'un agguato, attento al più piccolo romore, stuzzicato dall'ansietà nelle più intime fibre.


"Oh Paolo, Paolo! E come ài potuto far questo?,, ripeté ancora la voce interna, come nel sogno,—la voce angosciosa, che ricordava quella già udita molti anni addietro. Paolo pensò, rabbrividendo: "Dio, se potesse giudicarmi oggi mia madre! Con quali disperate parole e con che tragico sguardo lo farebbe? E come oserei io d'affrontare il suo sguardo, di sopportare le sue parole?!,,


L'ipotesi gli s'impose. Nella semioscurità della stanza l'imagine materna si venne a poco a poco disegnando, com'egli la riserbava dall'ultimo anno di sua vita: bianca, curva, pallida e scarna, ma con due occhi d'una inesprimibile vivezza, purissimi, freschi, simili agli occhi d'una fanciulla. E questa imagine, efficace come un'allucinazione, parve proferire di nuovo il desolato rimprovero: "Oh Paolo, Paolo! E come ài potuto far questo?,, Era la voce della conscienza morale che con occulta astuzia rivestiva quelle forme venerate per infondergli rispetto e paura? O era semplicemente il residuo ingannevole del sogno, che agiva sul suo cervello sonnolento come una suggestione? Certo è che quella visione ideale o meglio quell'ipotesi figurata ebbe su Paolo Érmoli potere inatteso e formidabile. Un subitaneo schianto di tenerezza per la madre morta, di dolore per le sofferenze che le aveva inflitte, di rimorso per quelle assai più crude che avrebbe potuto infliggerle nell'ora presente, lo investì tutto, come un soffio di bufera. Egli piegò sotto l'urto. Il rigoglioso fogliame della sua sapienza e della sua vanità andò miseramente divelto, si disperse per l'aria, quasi oscurando il sole. E soltanto lo scheletro della sua profonda infelicità rimase ritto, fermo, infrangibile nell'ombra; allampanato e nudo come l'asta d'un pioppo devastato dal verno.

Che gli valeva tutta l'opera sua? Che miserrimo bene s'era dunque conquistato, se bastava un fantasma a rigettarlo nella sua antica desolazione? Perché aveva lottato? Perché aveva rinnegato ogni senso di bontà e di giustizia? Perché aveva ucciso? Ahi non per altro che per possedere un tesoro affatto inutile, per irridere con un miraggio illusorio alla sua sete inestinguibile di felicità! E non mai, come oggi, la Felicità gli era apparsa così lontana, così alta nel mondo dei sogni, così inafferrabile per il suo braccio minuscolo o tremante!

"È forse questa tenebra che m'infonde tanta mestizia?„ si domandò ad un tratto Paolo Érmoli.

Di fatti la camera, per le imposte chiuse, era perfettamente oscura. Sol qualche filo sottilissimo di luce sfuggiva dalle connessure e si perdeva nell'ombra interna.

Egli discese dal letto, e a piedi scalzi si recò ad aprir le imposte. La luce fece impeto nella stanza. Ogni cosa comparve ed avvampò in quell'inondazione di sole primaverile. Paolo dovette alzare per poco le mani d'avanti agli occhi, abbacinato come fu dall'improvviso passaggio dall'oscurità alla luce piena.

Spalancò anche le vetrate. Su la strada i contadini, reduci dalla Messa e dall'osteria, ritornavano verso casa a crocchî di tre, di quattro insieme, tenendosi stretti a braccio a braccio, ridendo, scherzando ruvidamente tra loro, alcuni cantando a mezza voce le canzoni tradizionali dei coscritti. Di là della strada nello spiazzo degli olmi prossimo al lago, una comitiva numerosa giocava alle bocce sollevando un chiasso enorme; scintillavano su una tavola, all'ombra degli alberi, le bottiglie e i bicchieri colmi del buon vino oblioso—la posta del giuoco.

Da quella folla d'uomini meschini, d'umili diseredati, una grande festività, un soffio d'allegria sonora si diffondeva per il paesaggio, illustrato dal più limpido sole.

Era la Gioja di Vivere che fremeva su la Terra; la gioja degli uomini semplici, abituati al lavoro assiduo, condannati a una schiavitù eterna, per quel giorno di riposo e di libertà. Che valevano i ricordi del dì innanzi o le aspettazioni del domani, al confronto delle sensazioni presenti?


Gli uomini semplici,—che non riflettono su le loro fatiche e su l'ozio altrui,—che non spingono gli sguardi paurosi nelle tenebre del futuro o nella bieca luce del passato,—che vivono e voglion vivere di pane e d'amore, senza orpelli rappresentativi, senza invidie e senza ambizioni,—gli uomini semplici eran là d'avanti all'Insaziabile, livido di scontento e di tedio, accomunati e stretti da una fraterna inconscienza, esaltati da un'unica giocondità.


Alla sacra festa degli uomini semplici rispondeva il sorriso della Natura immortale. La giornata era superba, pura come un cristallo; nel mezzo del lago un'immensa incrostazione argentea, di un lusso favoloso, si stendeva magnificamente tra il pallore incandescente, appena azzurrato, dell'acque senza ombre. Su i monti boscosi, dalle vette tappezzate d'erbe, i villaggi felici scintillavano; e dovunque,—su le acque chiare, per le pendici ridenti—si celebrava il Trionfo della Vita, di quella Vita oscura, continua e incommutabile che pare una maledizione agli uomini attossicati da malsane ideologie, ed è il più alto e maraviglioso portento del Mistero universale.


Paolo, appoggiato al piano della finestra, guardava attonito il solenne spettacolo. Era là al conspetto suo, sebbene fuori di lui, la Felicità agognata; era là tra la folla vile e spregevole, nel cuore degli umili e degli abietti, tra il fervore organico e basso della Vita fisica.


Oh, come e quando avrebbe egli avuto un'intera giornata di pace e di contento?... Mai, mai, mai, qualunque onore, qualunque ricchezza, qualunque donna gli fosser venuti in potestà. Il dolore era in lui, insito ed invincibile, quasi una condanna della Natura per lo spirito di ribellione che gli fremeva dentro, contro le leggi e le disposizioni della sua oscura sovranità.


"La giornata m'appartiene,, mormorò l'Immorale, ricordando le parole del filosofo. Sorrise di sarcasmo contro sé medesimo, torcendosi le mani nervosamente intrecciate. Ahimè, anche il tempo era per la tristizia sua un tesoro inutile e gravoso!


Fu allora che improvvisamente il Demone del suicidio batté di nuovo, come nei giorni terribili della miseria, alla porta del suo pensiero. Perché vivere così? Perché ostinarsi a inseguire l'inarrivabile? Perché non voler morire quando la Morte era per lui l'unica liberatrice, l'apportatrice benigna del riposo e della libertà?

Egli sentì confusamente che il suo organismo si ribellava all'idea. Egli sentì che questa volontà era inetta a farlo agire, che rimaneva timida e chiusa nel dominio delle ipotesi irrealizzabili. La morte altrui l'aveva ben potuta volere ed eseguire: la sua, no, mai, perché egli era debole, vile, legato alla catena della sua carne miserabile, servo del suo egoismo animale come un qualunque bruto!

Paolo ebbe a quest'idea un moto di ribrezzo contro sé stesso, che gli sformò le linee mobilissime del viso.

—Paolo! Buon giorno, ben alzato!—gridò d'un tratto una voce feminile nel giardino sottostante.

Egli reclinò gli occhi dalla parte d'onde la voce proveniva. Là presso un'ajuola di rose, nella piena luce solare, Fulvia in un civettuolo e chiaro abito da mattino un po' succinto, tutto a fiorami e a rigonfî, stava discorrendo col giardiniere, un antico e fedel servo di casa Rebeschi, ne' cui sguardi Paolo aveva più volte sorpreso un'inesplicabile antipatia per il nuovo padrone. La donna, ritta, alta di tutta la persona, formosa e pure evanescente nelle larghe pieghe del tessuto, teneva in mano un gran mazzo di rose appena cólte; e il vecchio, chino su l'ajuola feconda, glie ne veniva porgendo delle altre con la mano ruvida e tremante, sorridendole umilmente a ogni offerta. La sua canizie, come egli si curvava, assumeva al sole la lucentezza torbida e dolce dell'alluminio; mentre Fulvia biondissima e così vestita, spiccando su lo sfondo cupo della pineta, aveva l'aspetto d'un'imagine leziosa su un arazzo dello scorso secolo.

—Ben alzato!—ripeté Fulvia, quando il suo sguardo s'incontrò con quello attonito del marito.

Paolo la vide; vide anche il vecchio odioso, che levava il capo verso la finestra. Si ritrasse sùbito senza rispondere al saluto, preso da una viva irritazione.

Fu la vista del vecchio che l'irritò? O la conscienza immediata del suo disordine mattutino in conspetto dell'amata? O la tema d'essersi lasciato sorprendere la smorfia di ribrezzo che gli deturpava il viso, e l'angoscioso pensiero nelle rughe profonde della fronte?

Egli si ritrasse indietreggiando, e mormorò una bestemmia breve nell'atto di rinchiudere rapidamente le vetrate.

Poi ritornò verso il letto, e, contro ogni volontà, egli s'accinse a vestirsi, a rimettersi la maschera infame, a camuffarsi degnamente, come soleva ogni mattina, per rappresentare fra gli uomini la sua parte tirannica nella comedia della vita: egli nato per trionfare, nato per soggiogare, per abbattere, come gli animali di rapina: egli, felis homo!

*Blevio, settembre 1889.*